우리가 사랑한 천국

이윤학
소 설

# 우리가 사랑한 천국

간드레

작가의 말

왜 그랬을까.
사랑하는 사람의 눈동자를 바라보듯이
당신은 왜 나를 보고 웃음 지었을까.
내 이름 내 얼굴조차 기억 못 할 당신에게,
지척에서 불러도 대답 없는 당신에게
나는 왜 사랑한다고 말하고 싶었을까.

맨발로 걸어 다니느라 찢기고 더럽혀진
당신의 두 발을 씻어주고 싶었다.
여기까지 오느라 얼마나 힘들었나
고단한 당신을 등에 업고
당신의 걸음이 되어 같이 걷고 싶었다.

수만 개 별을 간직한 당신 눈빛을 바라보면
식어버린 내 가슴속 군불이 지펴지고는 하였다.
당신의 눈은 상처투성이라서,
그 상처가 굳어버린 흔적이라서
사랑 앞에 서면 나는 울 수도
웃을 수도 없는 청맹과니가 돼버렸다.

당신은 기억을 잃어버린 것이 아니라
당신이 사랑하고 싶은
순간에 머무는 거라고 믿게 되었다.
몹쓸 기억을 따돌리고 그 순간으로 돌아가
한동네에 모여 살고 싶었다.

당신의 순간은 영원히 끝이 아니라
언제나 우리의 시작일 것이므로.

안동의 북쪽 산촌에서
**이윤학**

## 차례

º 작가의 말

º 1장

똥산이 11
좁은 문 14
미봉산 20
춤 25
신작로 29
개구리알 32
민들레 36
부활절 40

º 2장

피란 51
사로잠 55
멍감 열매 59
미꾸라지 해부 63
타조 68
전속 개그맨 74
선택 78

º 3장

첫 85
그네 91
비밀 95

보창 99
토마토 103
오이풀 108
오이꽃 버섯 113
김술래 119
하늘빛 눈물 꽃 126
쌍둥이 131

° 4장

개에 물린 자국 141
우리의 경계 146
조포사 152
개울물 156
건빵 160
임신 164
커버라이프 스위치 167
무인도 173
연탄 178

° 5장

단출한 이사 187
맨발 자국 191
아무도 없는 곳으로 193
눈길 197
노루 201
빈자리 206
봄 216
졸망제비꽃 221

° 추천사 | 김찬기

1장

수도사는 신나게 춤을 추면서 신작로를 걸어가서는 돌아오지 않았다
수도사는 갔던 길로 다시 돌아오지 않는 법이었다

## 똥산이

　카페《나보다 더 오래 내게 다가온 사람》선팅 통유리창 앞자리에 노트북 전원을 켜고 앉았다. 웬 젊은 여자가 부리나케 달려와 통창을 두드리고는 오른 검지와 중지를 세워 V자를 만들어 세 번 흔들어 보였다. 짙은 화장이었다. 노랑 파마머리 위로 선글라스를 올려 끼었다. 카페 안을 둘러보았지만, 여자가 반색한 손님은 나 말고는 따로 없었다. 같이 문병하러 가기로 한 지호는 고속도로 정체에 걸려 꼼짝달싹 못하고 있었다. 이런 퇴락한 소도시에서 나를 알아보고 반겨줄 젊은 여자는 남지 않았다. 붉은 립스틱을 짙게 바른 입술이 빨판처럼 통유리창에 달라붙으려다 멈칫하더니, 한 걸음 물러섰다. 일회용 라이터를 왼손에 들고 켰다 끄기를 반복했다. 그때야 나는, 그녀가 담배를 걸구(乞求)하고 있음을 간파했다. 여자는 어쩌다 배 불리 먹고 나와 여유 만만한 웃음을 웃는 것이었다.
　테이블에 올려둔 핸드폰에서 진동이 왔다. 보나 마나 시도 때도 없이 전화를 걸어오는 아내였다. 우리는 합의 이혼 후 숙려 기간 중이었다. 그녀의 의부증은 위치 추적 앱을 깔아놓고도 수시로 전화하고, 재깍 받지 않으면 문자 폭탄을 날리는 증세이었다. 잠시 끊긴 핸드폰 진동이 다시 이어졌다.

여자는 정신 줄을 놓은 상태였다. 나를 향해, 오른손 주먹을 왼손바닥으로 시원하게 쭉 훑어내고는 왼손을 흔들며 다시 웃어 보였다. 그런 다음 8자 스텝을 밟으며 막춤을 추었다. 엉덩이에 방석이 붙어 다녔다. 허리에 나일론 끈으로 묶은 방석이 연신 엉덩이를 두드려 댔다. 어느 순간 웃음이 멎은 밀랍 인형의 젊은 여자와 다시 눈이 마주칠까 봐 조마조마했다. 그래서 얼른 노트북 화면으로 시선을 옮겼다.

이윤 작가의 16부작 드라마 대본 『곁에 머무는 느낌』을 읽어 내렸다. 지호는 다시 30분 뒤 도착 예정 문자를 보내왔다. 냉수 컵에 담긴 각얼음에서 금이 가는 소리가 거슬렸다. 광고회사 시절 회식 끝난 새벽 귀갓길에 전봇대를 들이박았을 때 금이 간 앞니가 먼저 반응했다. 잊힌 기억을 콕 집어 돌려주는 심술을 부리는 것 같았다. 언젠가 미친개를 피해 도망치다 덤프트럭 후미를 들이박아 생긴 또 다른 앞니의 금도 따라 반응했다. 단박에 정신 바짝 들게 하는 건 얼음물만 한 게 없었다.

우리는 국민학교 4학년 담임의 문병을 가는 길이었다. 그는 도회지의 학교에서 전근 온 젊은 선생님이었는데 얼굴에 웃음을 달고 살았다. 우리 동네에서 웃음을 달고 사는 사람은, 담임과 뜨내기 미친 데기 여자 똥산이가 전부였다. 미친 데기 여자는 '똥산이'로 불렸다. 산에서 똥을 싼다고 동네 사람 누군가가 부르기 시작한 별칭이었다. 똥산이는 포대기를 두른 등에 불룩한 무언가를 업고 품에는 아주 소중한 듯 기운 보따리를 안고 다녔다.

젊은 여자는 신나게 춤을 추면서 걸었다. 실룩거리는 엉덩이 뒤를 방석이 따라다녔다. 그녀는 담배 피우는 사람을 발견할 때마다 오른 검지와 중지를 세워 V자를 만들어 세 번 흔들었다. 그러고는 왼손으로 일회용 라이터를 켰다 끄기를 반복했다. 양 귀에 담배를 꽂은 여자는 붉은 립스틱 칠한 입술에 슬림 담배를 물고는, 엉덩이를 실룩샐룩 내두르며 역전을 향해 걸었다.

피자 배달 바이크가 질주하더니, 그녀 주위를 뱅뱅 돌았다. 까마득히 풀려나간 실이 실패로 변한 그녀의 몸에 친친 감겼다. 그녀를 포위한 바이크에서 경적과 음악이 울렸다. 신이 난 그녀는, 선글라스를 내려 끼고 일회용 라이터 마이크를 잡았다. 그들은 앞으로 빌보드 기록을 경신해 나갈 김기덕 작사 이유란 작곡 「스파크」의 뮤직비디오를 찍었다. 한낮의 아득한 태양 불빛이 벌집층적운$^{層積雲}$에서 씻겨 나왔다. 구터미널 허물어진 대합실 콘크리트 무대를 비추었다.

## 좁은 문

길들은 구부러져, 엉켜, 무엇을 묶을 수도 없었다.
구부러진 채, 생각에 잠기게 했다.*

우리는 도립병원에 입원한 선생님 병실을 찾아들었다. 선생님은 침대에 누워 링거를 맞았다. 애써 침대에서 일어나려다 도저히 안 되겠는지, 멋쩍게 웃고는 도로 누웠다. 간병인의 도움 없이는 거동할 수 없어 보였다. 선생님의 손을 잡은 내가 먼저 입을 열었다.
"선생님, 저 기덕이예요. 이 친구는 미봉국민학교 28회 동창생 김지호고요."
선생님은 움푹한 눈으로 우리를 맞아주었다.
"그래. 잘들 지냈는가? 어떻게들 알고 이리 찾아온 겐가?"
지호가 나서서 선생님께 설명했다.
"얼마 전에 동창생들이 단체채팅방을 만들었어요. 거기서 선생님 편찮은 거 알게 됐고요. 동창들이랑 같이 왔어야 했는데... 우리만 선발대로 먼저 찾아뵙게 됐어요."
선생님은 짧게 심호흡한 다음 어렵사리 말을 꺼냈다.

---

* 시, 「판교리 9」 중

"그렇구먼. 이렇게 잊지 않고 찾아줘서 고맙구먼."

선생님의 얼굴에 희미한 웃음이 머물렀다. 벌써 40년 세월이 흘러있었다. 병실 창문에 흑백의 목련 봉오리들이 어슬렁거렸다.

"선생님, 사모님은 건강하시죠?"

오른 엄지와 검지로 눈두덩이를 눌러 비빈 선생님이 말하였다.

"그럼. 볼일이 있어 잠깐 병실을 나갔네."

잽싸게 지호가 나서서 물었다.

"이제 자제분들은 다 키우셨죠?"

지그시 눈을 감은 선생님의 돌출한 목울대가 주름진 살가죽을 오르내렸다. 한참 만에 웃는 얼굴이 된 선생님이 말했다.

"대학원 박사과정을 마쳤던 막내가 지지난해 대학에 자리를 잡았다네. 이젠 아무 걱정도 없다네."

선생님은 연년생으로 딸 둘과 늦둥이 아들을 두었다. 딸을 안고 행복해하던 젊은 시절의 선생님 부부 모습이 선했다. 유란과 나는 토요일 저녁이면 선생님 댁으로 찾아가 독서토론하고 독후감을 쓰곤 했다. 대청마루에 빼꼭한 책만 봐도 저절로 웃음이 나오던 시절이었다.

"선생님만 건강하시면 걱정할 게 없겠네요. 선생님 속히, 훌훌 털고 일어나셔야죠."

선생님은 손깍지를 끼우더니 힘을 실어 대답했다.

"그래야지."

미봉국민학교 4학년 1반 교실이 떠올랐다. 선생님은 57명의 촌 애들과 일일이 눈빛을 맞교환하면서 웃어주었다.

"기덕이 자네, 아버님은 지금껏 건강하시지?"

"그럼요. 지금도 농사를 짓고 계세요."

고개를 주억거린 선생님이 다시 입을 열었다.
"그래. 빨리 일어나서 찾아뵙고 싶네그려."
선생님은 우리가 6학년이 된 봄부터 전근 전까지 우리 집 아래채에서 살았다.
"아직도 그렇게 부지런하신가?"
"그럼요. 지금도 새벽 네 시면 어김없이 기침하시죠. 선생님도 되게 부지런하셨죠."
"내가 그랬었나."
선생님은 새벽 일찍 마당을 쓸고 양치질했다. 아침밥을 먹고 또 양치질했다.
"선생님 반의반의 반만 따라가도 깔끔해질 텐데… ."
어머니는 아버지와 내 얼굴을 번갈아 쳐다보며 말하곤 했다. 둘의 교집합은 무엇보다 씻기를 귀찮아하는 거였다.
"언제나 뽀득뽀득 씻는 걸 볼 수 있으려나… ."
선생님은 세면도 두 번씩 했다. 세숫대야에 물을 퍼 얼굴과 목을 씻는 소리가 들려왔다. 푸부붓 푸부붓… .
"선생님은 지금도 세면을 두 번씩 하시죠? 양치질도 두 번씩 하시고요?"
우리 집에서 이사 나갈 때, 선생님이 선물한 스텐 세숫대야가 욕실을 지켰다. 40년이 흐르는 동안, 세숫대야를 볼 때면 선생님과 사모님의 젊은 시절 모습이 그려졌다. 어느새 선생님의 눈에는 눈물이 흥건했다.
"자네는, 별걸 다 기억하는군."
수줍게 웃는 선생님의 손을 잡고 내가 말했다.
"선생님이 전근 가시면서 선물한 니체 전집 지금껏 잘 간직하고 있어요. 니체를 읽으며 스스로 중심 잡는 힘을 키웠어요. 선생님이 쪽지에 써서, 아버지가 농사지은 밥풀을 으깨서 면지(面紙)에 붙여준 시 한 편… 버팀목이 되어주고, 균형을 잡는 수평대가 되어주었어요."

선생님의 눈가 주름이 눈동자를 힘주어 쥐었다. 무거워진 분위기를 바꾸려고 나는 불쑥 카페에서 본 여자 얘기를 꺼냈다. 요즘엔 좀처럼 보기 드문 여자였다. 웬만하면 병원에 입원시키기 때문이었다.

"방석을 달고 다닌다고 했나? 나도 한번 보고 싶네."

"방석이 아주 깨끗했어요. 묶고만 다녔지, 앉지는 않는가 봐요."

선생님은 천장에 시선을 고정하고는 입을 열었다.

"자네들도 기억하지? 똥산이?"

지호와 내가 동시에 대답했다.

"그럼요."

실눈을 한 선생님이 말을 이었다.

"그 사람 웃음소리가 지금도 들려오는 것 같다네. 그 웃음소리를 듣고 있으면 나도 덩달아 기분이 좋아지곤 했었네. 요즘 사람들은 가끔 그런 웃음을 짓곤 하지. 욕심이 많아 웃음을 잃어버린 건 아닌지 씁쓰름하다네. 웃음이 많은 사람은 여유가 있는 사람일 걸세."

우리는 한동안 말이 없었다. 협탁 위 안경을 집어 든 선생님이 말문을 열었다.

"유란이. 금광 하던 사장분 큰딸 말일세."

기다렸다는 듯 지호가 끼어들었다.

"이유란 말씀하시는 거죠?"

만면에 웃음을 머금은 선생님의 말씀이 이어졌다.

"맞네. 이유란. 그 친구에게서는 전화가 온다네. 서울에서 고교 영어

교사로 근무하더군. 남편은 목회자로 살고."

그 순간, 유란과의 추억이 떠올랐다. 서울로 이사 가기 전날 밤, 그녀가 예배당에서 선물한 앙드레 지드의 『좁은 문』을 나는 지금껏 소장하고 있었다. 소설 『좁은 문』의 앞 면지에 쓰인 그녀의 글귀를 나는 잊은 적이 없었다.

좁은 문으로 들어가기를 힘쓰라. 멸망으로 인도하는 문은 크고 그 길이 넓어 그리로 들어가는 자가 많고, 생명으로 인도하는 문은 좁고 협소하여 찾는 이가 적음이니라. (마태복음 7장 13절)

우리, 뭐든 웃음으로 녹여내자. 우리의 보석으로 만들어보자.
-먼 훗날의 유란이가 기덕이에게.

내가 천장의 형광등을 보면서 한참 만에 입을 열었다.
"여기 살 때도 유란이 교회 열심히 다녔잖아요. 저도 유란이 따라서 교회에 나가기 시작했어요. 그 애는 중학교 2학년 여름에 전학 갔었죠. 금광이 폐광되고 얼마 지나지 않아서였죠. 집과 농토를 모두 정리해 이곳을 떴죠."

입김을 불어 환자복에 안경알을 닦아 낀 선생님이 내 말을 받았다.
"맞네. 그 돈으로 지금의 분당 어디에 유휴지遊休地를 사둔 모양이더군. 그게 글쎄 금싸라기가 됐다지 뭔가. 여기서 실패한 금광 사업이 거기서 대성공을 거둔 셈이지."

쫄딱 망해 떠난 유란네 집이 벼락부자가 됐다는 말을 들은 지호의 눈이 커졌다. 얼굴에는 화색이 돌았다. 선생님 얼굴에도 생기가 돌아왔다.

"유란이 그 아이 어릴 적부터 신앙심이 남다르더니, 그 돈밖에 모르던 고집불통 아버지까지 교회로 인도해 낸 모양이야. 걔 아버지가 늦깎이 학생으로 신학대 편입학해서 박사과정까지 끝냈다더군. 지금은 평양 대부흥 운동인가? 그거 연구하면서 책도 여러 권 펴냈다 하고. 자기밖에 모르던 그 양반이 이제는 목회자의 삶을 살고 있다니 믿어지는가? 지난 방탕한 삶을 회개하고 거듭나 새사람이 됐다는데 참으로 신기하더군. 그 양반이 목회자가 될 줄 누가 알았겠느냐 말일세. 유란이 어제도 전화해서 아픈 스승을 위해 한참을 기도해 주었다네. 속히 병이 낫게 하시고 회개하고 예수님 믿고 훗날 함께 천국 자녀 되게 해달라고 말이야. 희한하게 그제까지도 마음이 불안했는데 유란이 기도를 들으니 그렇게 편하지 뭔가. 유란이 기도가 보통 센가 말일세. 걔 아버지도 변화시킨 기도 아닌가. 허허허허허."

갑자기 말을 많이 한 선생님은 힘에 부친 모양이었다. 때꾼한 눈을 비벼 뜨고는 한동안 웃음 띤 얼굴로 창밖을 보았다. 건물 외벽에 가려진 목련 가지 하나가 창밖으로 나와 그림자를 흔들었다.

# 미봉산 美峯山

똥산이는 미봉산 골짜기에 살았다. 키 낮은 개암나무가 번성한 돌무지에 마름모꼴로 돌을 둘러쌓고 솔걸(솔가리)을 긁어다 깔았다. 그녀가 어떻게 한겨울을 나는지 아무도 궁금해하지 않았다. 그녀는 산발散髮에 솔걸을 붙이고 나돌았다.

그녀는 어디선가 기척 없이 다가와 웃고, 우리는 지독한 냄새 때문에 줄행랑을 쳐야만 했다. 따라오면서 웃는 미친 데기 여자의 웃음소리가 소름 끼치고, 털 난 벌레와 마주한 것만큼 오싹했다.

곡괭이와 나무낫을 든 나는 미봉산 골짜기를 향해 걸었다. 오리나무가 골짜기를 마주하고 줄지어 선, 계곡 밑을 꼬불탕 휘감아 흐르는 물소리가 시렸다. 가랑잎을 적시고 내를 지나 저수지에 닿아 며칠을 쉬고 바다로 스밀 물의 흐름이었다.

소沼 앞에 다다른 나는 솔걸을 긁어 방석을 만들었다. 언젠가 소나무에 올라 웃고 있던 똥산이가 떠올라 소나무를 올려다보았다. 소는 동네 사람들이 올라와 목간하고 내려가는 무료 공중목욕탕이었다. 아주머니들이라면 소 위에 보초를 세워야 안심이 되었다. 음흉한 나무꾼이라도 나타나는 날엔 동네 망신을 살 수 있었다. 그녀는 거기 앉아 흔들의자의 안락함을 즐겼다. 나뭇짐을 지고 내려온 현교 아버지가 냉수마찰할 참으로 그녀에게 내려오라고 고함쳤지만, 그녀는 무표정 요지부동이었다.

"낭구(나무) 베어버린다. 어서 안 내려오냐!"

그이는 톱을 꺼내 소나무 밑동을 베는 흉내를 냈지만, 그녀는 자신만이 부를 줄 아는 노래를 흥얼거렸다. 그이는 끝내 웃통을 벗지 못했다. 잠바와 껄끔거리는 도꼬리(터틀 스웨터)를 벗은 채 목에 두른 수건을 끌러서는, 물에 적셔 내복 안 구석구석의 땀을 훔쳤다. 그러고는 물웅덩이 앞에 앉아 수건을 빨았는데 땟국이 끝도 없이 나왔다. 그이는 땟국물 젖은 수건을 빨랫돌에 냅다 패대기치고는 쭈그려 앉아 담배를 빼 물었다.

소나무는 바위틈에 뿌리를 박았다. 그녀는 생소나무 흔들의자에 거만하게 앉아 자기 손을 맞잡은 채 어디론가 가고 있었다. 그이가 그녀를 올려다보았다. 어이가 없어서인지 부러워서인지 입을 떡 벌린 채 담뱃재가 휘는 줄도 모르고 한참 동안 자세를 바꾸지 못했다.

어디선가 때까치가 꼬랑지 붓으로 글씨를 썼다. 딱, 딱, 딱, 또 다른 소나무 가지를 쪼고, 그이는 나뭇짐을 지고 꼬부랑길을 내려갔다. 똥산이는 단물이 빠진 껌을 몰아 씹다가는 냅다 뱉었다. 그때 소 밑으로 떨어지는 물보라에서 새끼 무지개가 인쇄되는 부드러운 원단이 투명에 가깝게 펄럭였다.

나는 지난 늦가을에 맡아둔 콩칡을 캐기로 했다. 물이 흐르는 계곡의 무너진 비탈 흙에서 콩잎 냄새 물씬 풍기는 콩칡을 캤다. 우리는 가을에 칡에서 바짝 자른 덩굴줄기를 걷어 둥글게 말아 벼 베어낸 논바닥에서 차고 놀았다. 칡넝쿨을 그냥 내버려뒀다간 누군가에게 캐 먹으라고 맡기는 꼴이 될 게 뻔했다. 칡잎이 쇠기 시작하면 칡넝쿨을 밑동에서 바짝 잘라 거뒀다. 새순이 나오기 전에 칡을 캐야 알이 배 제맛이 났다. 콩칡은 부드러운 황토, 물기가 많은 곳에 깊지 않게 뿌리를 내려 괭이질 몇 번이면 실뿌리째 드러났다. 좀 더 기다려야 알이 차 제맛이 날 것이지만, 나는 좀이 쑤셔 더는 기다릴 수 없었다.

 똥산이는 맨손으로 칡을 캐 먹고 겨울을 난다고 했다. 그래서 주둥이 주위가 항상 지저분한 거라고 하였다. 어른들이 하는 말을 다 믿긴 어렵지만, 겨울 산에는 먹을 것이 흔치 않았다. 정금(토종 블루베리)이나 보리수 열매는 추위가 오면 쭈글탱이가 되었다. 잔대, 도라지, 창출을 캐 먹을 수도 있지만, 그건 아리고 쓴맛이 강해 주식으로 삼기에는 젬병이었다.

 그녀가 맨손으로 칡을 캔다는 말을 나는 믿지 않았다. 그녀는 호미도 가지고 다니지 않았고, 부러진 나뭇가지나 날이 선 돌로 캘 수 있는 비탈의 칡은 흔치 않았다. 겨울 동안 그녀는 동네 출입을 끊다시피 했다. 나무꾼과 소섬小島의 돌팔이 의사를 찾아가는 아픈 사람만이 가끔 그녀를 보았다 했다. 미봉산 골짜기로 접어들어 첫 오르막이 끝나면 그녀가 머무는 돌무지가 나왔다. 그녀는 홀로 돌무지에 앉아 무엇인가를 골똘히 생각하는 눈치였다. 그녀는 사람들이 눈여겨보지 않는 돌무지거나 너구리가 살다 간 파헤쳐진 굴이거나 누군가 칡을 캐 간 비탈의 진흙과 자갈과 낙엽이 채운 웅덩이였다.

 콩칡 세 뿌리를 캐든 나는 차가운 계곡물에 씻었다. 콩칡의 기럭지(길이)는 기껏해야 두 뼘 반이 될까 말까 한 것이었다. 몇 년을 기다려 캐면 더 길어지고 굵어질 테지만, 내 조급함은 콩칡을 맡아놓고 몇 달을 기다릴 수 없게 만들었다. 누가 먼저 캐가지 않을까 조바심이 났기 때문이다.

　무너진 산기슭에서는 흙 부스러기가 떨어지고 있었다. 온갖 종류의 실뿌리들이 드러나 산발한 백발 유령의 억센 머리카락 같았다. 나는 황토밭에서 금방 캔 밤고구마 껍질로 변한 손등에 입김을 불었다. 미봉산 어딘가에는, 조금씩 녹아내리는 얼음이 있을 것이다. 계곡물이 닿은 살갗이 켜켜이 벗겨져 나가는 것처럼 시리고도 쓰라렸다. 머리카락만 보이는 백발 유령은, 밤이면 어떤 모습으로 변할까. 어떤 옷을 입고, 어떤 웃음소리를 낼까. 설마, 똥산이가 백발 유령으로 변하는 건 아니겠지? 얼굴을 보이지 않는 백발 유령의 온갖 얼굴을 상상하고 있는데 등 뒤에서 가랑잎 밟는 소리가 들려왔다. 오소리나 너구리나 노루나 토끼나 꿩이 지나가는 것 같았다. 아무리 달리기를 잘해도 맨손으로 산짐승을 잡을 수는 없었다. 허벅지까지 눈이 쌓였다면 몰라도 맨손으로 산짐승을 잡으러 뛰어갈 사람은 아무도 없었다.

　나는 대충 물기를 털어낸 콩칡을 품에 감추었다. 동네 사람들에게 빼앗기지 않으려고 미리 방비한 것이었다. 아무도 모르게 혼자 아껴 먹을 참이었다. 산기슭 위 자잘한 참나무 숲에서 연이어 부스럭 소리가 들려왔다. 나도 모르게 돌을 집어 들고는 소리 나는 쪽으로 던질 태세를 취했다. 산짐승 같으면 금방 도망치는 소리가 들려야 했는데 아니었다. 부스럭대는 소리는 멈추지 않고, 덩치 큰 짐승을 상상한 나는 억새가 뒤엉킨 산기슭으로 숨죽여 기어올랐다. 궁금과 공포의 팽팽한 줄다리기가 이어졌다. 설마, 작년에 본 꺼먹 곰은 아니겠지? 작년 장마철에 고구마 순을 놓기 위해 간척지가 보이는 각시난골 비탈밭에 갔다. 갑자기 똥이 마려워 잔솔 군락을 지나 언덕 위로 올랐다. 주위를 확인하고 묽은 똥을 누었다. 굴참나무 잎 몇 개를 따 밑을 닦으려고,

엉덩이를 깐 채 오리걸음을 걸었다. 언덕 아래 골짜기에 시커먼 산짐승이 어슬렁거렸다. 시커멓고 헐렁한 털가죽을 뒤집어쓴 짐승이었다. 몸집은 거의 씨돼지로 쓰는 수퇘지 두 배는 됨직했는데 입김인지 콧김인지를 내뿜으며 주둥이를 들이밀고 뭔가를 캐 먹었다. 슬금슬금 뒷걸음질 치다 언덕을 뛰어내린 나는 더듬거리며 간신히 말문을 열 수 있었다.

"아버지, 저기 골짜기 꺼먹 곰, 있어요. 뭔가 캐 먹고 있어요! 기태네 곰쓸개 농장서 탈출한 곰 아닐까요."

부모님은 겁에 질린 내 눈을 빤히 쳐다보았다. 얘가 일하기 싫으니께 희한한 꾀를 다 짜내고 있네, 하는 눈치였다.

"정말 봤어! 정말 봤다니까!"

나는 아버지의 손을 잡아끌었다. 놀란 가슴이 진정되지 않았다. 왼손에 괭이자루를 들고 언덕에 올라 둘러보았다. 곰은 벌써 자취를 감춘 뒤였다. 아버지는 내 왼 볼을 꼬집어 비틀고는 놀리는 투로 말했다.

"자꾸 꾀부릴래. 이 꺼먹 곰 같은 눔아, 어서 가서 너 닮은 곰이나 찾아봐라!"

잔챙이 참나무 숲을 살핀 끝에 똥산이의 웃는 낯을 지켜볼 수 있었다. 그녀는 다리를 쩍 벌리고 앉아 사타구니 사이에 가랑잎을 쌓아놓았다. 추수 끝난 들판에서 검불을 까불러 알맹이를 추려내는 것처럼, 양손으로 가랑잎 한 움큼을 들어 올려 깊은숨을 불어 까불렀다. 어디선가 지독한 똥 쿠린내(구린내)가 풍겨왔다. 무얼 먹어야 저리 독한 똥을 쌀 수 있을까. 가랑잎 향기와 범벅이 된 똥 쿠린내가 바람에 얹혀 경계를 넘어왔다.

# 춤

 아침부터 똥산이가 팔을 걷어붙이고 신작로에서 춤을 추었다. 얼굴 높이로 들어 올린 양손에는 보따리가 들렸다. 그녀의 맨발은 연속 가위표를 치며 보조를 맞추었다. 씰룩쌜룩 똥방뎅이를 흔들어대는 꼬락서니가 가관이었다.
 오늘은 소등골 연영이 할머니 상여 나가는 날이었다. 상여꾼들은 공동묘지 상엿집 앞에서 상여를 조립하고, 습자지로 만든 꽃을 상여에 장식하였다. 윗집 할머니는 우리 집 앞을 지나면서 홀쭉이 얼굴을 일껏 찌푸렸다.
 "저년은, 왜 해필(하필)이면 오늘 같은 날 지랄 발광을 떠냐고. 똥통에 쳐넣고 사나흘 밤낮을 휘저어도 시원찮을 년 같으니라고."
 그러잖아도 합죽이인 할머니 얼굴 윤곽이 쉰 수수팥떡처럼 보였다. 개에게 던져줘도 멀찌감치 떨어져 냄새만 맡고 금방 포기하는 쉰 수수팥떡 고물이 입에서 튀어나와 요소비료처럼 한주먹은 되게 뿌려져 금방 녹아났다.
 "퉤. 퉤. 사람 죽어 장사 지내는 게 경사 난 겨. 주지랄 년 같으니라고!"

어머니는 고무대야에 설거지물을 들고나와 쪽문 앞 논에 대고 휘둘러 뿌렸다.
"아주머니, 미친 사람인데 어쩌겠남유. 언짢아도 아주머니가 이해하고 넘겨야쥬. 안 그렇대유?"
잔뜩 핏대를 세운 할머니가 마지막 팥고물을 홀랑 털어내듯 말했다.
"그래도 너무하는 처사잖남. 완전히 머리가 돌았어도 저럼 안 되는 벱(법)이지."
"죽은 사람에 대한 예의도, 지킬 정신이 있어야 지키든 말든 할 게 아닌 감유?"
"그래도 너무하는 처사여. 나 먼저 가볼 텡게 서둘러 따라오거나."
할머니는 양다리를 한 쌍의 활대처럼 벌린 채 걸어갔다. 서둘러 걸어가는 품새가 꼭 두부콩을 맷돌로 갈 때 절구통에 걸치는 삼발이 위 대야를 끼우고 걷는 걸음이었다. 나는 새로 산 우리 집 대야를 할머니가 은근슬쩍 쌔벼(훔쳐) 가는 착각에 빠졌다. 하마터면 할머니를 쫓아가서 왜 우리 집 쌤삥(새것) 스텐 대야를 쌔벼 가냐고 따질 뻔하였다.
"할머니, 우리 집 스텐 대야가 할머니 다리 사이에 끼었네요. 힘드셨죠? 제가 금방 빼낼게요."
산모롱이를 돌아가는 할머니를 보며 내가 중얼거린 말에 내가 놀랐다. 오늘도 뭘 잘못 먹었나 싶었다.
아버지는 동네 사람들 염※을 도맡아 했었다. 어머니는 그게 늘 불만이었다. 염하고 돌아온 아버지는, 굵은소금 세례를 받고도 담뱃진이 낀 이를 드러내고 사람 좋은 웃음을 짓곤 했다.
"귀신이 어디 있다고 맨날 그런다나. 소금 아까워 죽겠구먼."
"아까우면 염을 하지 말든지, 배곯은 까막새처럼 어서 좨 드시구랴."

언젠가는 염하고 돌아온 아버지가 돼지 새끼를 받은 적이 있었다. 굵은소금 세례를 피해 곧장 돼지우리로 들어가 새끼를 받았다. 돼지 새끼 열두 마리를 받아냈는데 꼴랑(겨우) 세 마리만 살렸다. 어미 돼지가 나머지 새끼를 깔아뭉개 죽인 것이다. 젖이 모자란 것도 아닌데 희한한 일도 다 있다고 하였다. 잔뜩 골이 난 어머니는 아버지에게 원망 섞인 말을 쏟아냈다.

"염을 하고 왔으면 알아서 소금 한 주먹 뿌렸으야쥬. 남들은 빼기 급급한디 왜 나서서 염을 하는지 모르겠네. 불쌍한 우리 돼지 새끼들, 이걸 다 어쩐대유."

아버지는 입도 뻥긋하지 못한 채 지게를 지고 나무하러 나갔다. 어머니는 뻣뻣하게 굳은 돼지 새끼의 뜨지 못한 눈두덩을 매만졌다. 밤나무 밑에 구덩이를 파고 한 마리씩 묻고는 제자리걸음으로 흙을 다져 넣었다. 눈물 그렁한 눈으로 하늘을 보면서 혼잣소리하였다.

"올가을엔 밤텡이(밤송이)들 핵꾜(학교) 운동횟날 풍선만큼은 달리겠구먼."

뒤이어 흙 묻은 손을 빗겨 턴 어머니가 또 중얼거렸다.

"염해준 사람들 못 산 밍(명)만큼 불쌍한 우리 기덱이 아베 살게 해주면 좋겠구먼요."

똥산이는 신작로를 따라 대봄목께 고개로 향하였다. 그녀는 가끔 만득이가 사는 바닷가 오두막까지 춤을 추면서 갔다 오곤 했다. 아이들은 대봄목께 고개를 넘기 전에 돌아섰다. 대봄목께 고개는 음산한 기운 때문에 대낮에도 울러 다니지 않으면 꺼림칙한 곳이었다.

술 먹고 읍내 장에서 돌아오던 주정뱅이들은, 유령에게 홀려 밤새 끌려다닌 경험이 있었다. 지난겨울 첩실 집에 다녀오던 진만이 할아버지도 온몸을 가시에 긁히면서 새벽까지 홀려 다녔다. 진만이 할아버지는 첩실에게 가져다 바치는 돈은 아깝지 않으면서 공술이 아니면 절대로 입에 대지 않는 짠돌이었다. 어른들은 실제로 유령이 사람을 홀려 보지도 못한 얼룩말을 만들어 놓는다고 떠들었다.

똥산이는 신작로로 나다녔다. 가끔 정신이 돌아올 때면 사람을 피해 산길로 돌아다녔다. 그녀 얼굴엔 가시에 긁힌 자국이 떠나지 않았다. 산길에서 그녀를 만난 사람은 기겁해 뒷걸음질 쳐 줄행랑치기에 급급했다. 정신이 돌아온 그녀는 누구도 범접 못 할 심각한 얼굴이었다. 두텁바위에 핀 석화石花를 깔고 앉아 헝클어진 긴 머리카락을 늘어뜨리고 허공을 꼬나보았다. 눈에 불을 켜고 여느 사람에게는 보이지 않는 헛것과 기 싸움하는 것이라고, 주정뱅이 대범이가 흘려 말했다.

나는 그녀가 예루살렘을 찾아가는 수도사가 아닌가 생각했다. 그러나 나는 여자 수도사가 있다는 말을 아직 들어보지 못했다. 대놓고 물어볼 사람도 없었다. 수도사는 신나게 춤을 추면서 신작로를 걸어가서는 돌아오지 않았다. 수도사는 갔던 길로 다시 돌아오지 않는 법이었다.

만득이 아저씨 오두막에서 똥산이가 자고 나오는 걸 보았다는 사람이 있었다. 그녀는 파란 가방을 둘러메고 이집 저집 돌아다니며 화장품을 파는 방문판매원 재남이 어머니였다. 그녀가 퍼뜨린 소문은 눈덩이처럼 부풀려져 옆 동네를 거쳐 다시 돌아왔다. 사람들은 그녀가 만득이 어머니한테 꼬임을 당한 것이라 하였다. 대를 이을 아들이 필요해 숙식을 제공해 주고 씨받이로 들인 것이라 덧붙였다.

## 신작로

　일요일 점심 무렵 만득이가 신작로에 나타났다. 청색 스피커 두 개를 지게뿔에 묶어 옆으로 향하게 매달았다. 만득이는 면내(面內)에서 힘이 세기로 으뜸인 사람이었다. 담배만 사 주면 그걸 연달아 피워 연기로 날려 보낼 때까지, 근력으로 하는 일이면 무엇이든 마다하지 않았다. 오늘은 지게에 앰프를 지고 약장수를 따라 동네마다 돌아다녔다. 아이들은 거리를 두고 만득이 뒤를 따라나섰다. 놈들은 약장수가 오줌이 마려워 자리를 뜰 때를 노렸다. 힘이 장사인 만득이는 담뱃불을 이어 붙이고는 앞만 보고 걸었다. 무거운 짐을 진 채 고개를 꼿꼿이 들고 걷기가 얼마나 어려운 일인지, 온몸에 비지땀이 흘렀다. 삼베 자루에 농주 찌개미(지게미)를 넣고 나무 절굿공이로 둘이 눌러 짤 때처럼 술 냄새가 진동했다. 그이는 와이셔츠를 벗어 무거운 앰프에 걸쳐놓았다. 닳아 문드러진 셔츠에는 제법 긴 지우개 벌레들이 말려 올라갔다. 개펄 빛깔로 매끈한 피부는 허물을 벗는 중이었다. 그이는 무슨 생각을 하고 있는지 그 생각이 얼마나 재미난 것인지, 싱거운 웃음을 그칠 줄 몰랐다. 아이들은 근거 없는 소문을 만들어 퍼뜨리기를 좋아했다.

"얼라리 꼴라리, 얼라리 꼴라리, 만득이랑 똥산이가 낑끼 박았대요, 낑끼 박았대요."

기운 자리가 훨씬 많은 똥산이의 무명 보자기에 뭔가가 한 짐 싸였다. 그녀는 옆으로 끝없이 골이 진 포대기에 뭔가를 불룩하게 업었다. 그녀는 가끔 불룩하게 튀어나온 뭔가의 엉덩이께를 추켜올리고는, 청색 스피커에서 흘러나오는 노랫가락에 맞춰 머리에 인 보따리를 내려서는, 가슴에 대고 비비면서 춤을 추었다.

애들은 똥산이를 투명 인간 취급하였다. 그녀 존재를 인정하는 순간, 그녀와 동급이 되어 비슷한 취급을 당할까, 내심 두려운 것이었다.

약장수가 넥타이 허리띠를 풀고 소변을 보기 위해 신작로를 벗어났다. 아이들은 금방 똥산이를 추월해 만득이에게로 몰려갔다. 그는 여전히 고개를 꼿꼿이 세우고 앞만 보고 걷는 데 온 힘을 쏟아부었다. 언제나 그의 얼굴은 들쳐 올라간 웃는 상 뱃머리 같았다. 만득이 뒤로 바짝 붙은 아이 하나가 벌린 양손의 엄지와 검지 사이를 뒷무릎에 힘껏 찔러 넣었다. 순식간에 무릎이 꺾여 뒤로 훌러덩 넘어가는 만득이는, 손을 내두르는 것이 고작이었다. 뱃머리가 공중으로 솟구쳐 배가 침몰하는 찰나,

"어어어."

하며 아이들은 사방팔방으로 흩어져 줄행랑쳤다. 아이들의 뒤통수에 앰프가 쏟아져 곤두박질치는 소리와 그가 내지른 단말마 신음이 뒤따랐다. 약장수는 소변 줄기를 끊고, 뒤로 넘기기로 처박힌 앰프와 스피커와 배터리를 망연자실 바라보았다. 만득이를 바라보며 웃는 똥산이 얼굴만이 한결같았다. 삼륜차가 먼지를 일으키며 달려왔다.

한참을 달리다 멈춘 아이들 눈에 똥산이와 만득이 그리고 약장수 모

습이 들어왔다. 약장수는 길길이 날뛰다 말고 앰프와 스피커와 배터리가 멀쩡한지를 살폈다. 그러고는 마이크를 쥐고 만득이에게 삿대질하면서 소리쳤다.

"이 사태를 어떻게 수습할 거냐고 개자슥아. 너 이 개자슥 내가 어제 술 그만 처먹으라고 했어 안 했어. 내 전 재산 방송 장비 이제 어쩔 거냐고. 어떻게 변상할 거냐고 개자슥아. 이 거지 짐승 개자슥이 사람 꼭 다리 돌게 만들어 놓고 지랄 발광을 떨고 자빠졌네."

똥산이는 만득이 어깨에서 지게 끈을 벗겨내려고 안간힘을 썼다. 그녀의 등에 업힌 불룩한 뭔가가 한껏 추켜 올라가 있었다. 그곳에서 불쑥 아기 울음이 터져 나올 것만 같아 불안 불안했다.

## 개구리알

 이른 아침 등굣길에 유란을 기다려 만났다. 작년에 서울서 이사 온 유란은 이것저것 궁금한 것이 많았다. 오른손 검지로 버들가지를 가리키며 곧바로 물어왔다.
 "솜사탕 씨처럼 생겼네! 저거, 먹을 수 있는 거니?"
 나는 솜사탕이 뭔지 몰랐다. 내가 우물쭈물 대답을 못 하자 유란은 내 얼굴을 힐끔 쳐다보며 다그치는 표정이었다. 숨이 막히고 점점 늪에 빠져 옥죄이는 느낌이었다. 급한 대로 버들가지에 목화씨가 달렸다고 둘러대려 했지만, 웃음거리가 되고 싶지 않아 입을 닫아걸었다. 유란은 내게서 시선을 거두더니 아련한 표정을 짓고는 속삭였다.
 "서울 살 땐 불빛을 보고 생각했어. 저게 다 막대사탕으로 바뀌면 얼마나 신날까?"
 나는 많은 불빛을 본 적이 없었다. 우리 동네엔 전기가 들어온 지 얼마 되지도 않았다. 여기서 전기를 마음대로 쓰는 집은 유란네가 유일했다.
 100촉 전등이 몇 개나 유란네 집 대청마루에 켜진 걸 보면, 나는 대신 부자가 된 기분이 되었다. 형형색색 금줄이 뽑혀 나와서는 내게로

만 몰려오는 느낌이었다. 유란네 전깃불을 마주하고 눈을 껌벅이면 어느새 나는 실을 뽑아내는 공장의 기계를 조작하는 기술자가 된 것 같았다. 한 타래의 실로 엮인 빛이 꼬불탕 길이 되어 내게로 흘러오고는 하였다. 때마침 헛생각을 달고 살면 가난뱅이가 된다는 할머니 말씀이 떠올랐다.

"넌 가난뱅이로 살면 절대 안 된다. 어서 커서 서울로 올라가라. 셋째 고모처럼 부자가 돼서 떵떵거리며 살아야 한다."

나는 가난뱅이인 것이 창피해 견딜 수 없었다. 이제는 학교에 쫄장게(돌장게)나 밴댕이젓, 새우젓, 마늘쫑(마늘종), 고추장을 반찬으로 싸 가고 싶지 않았다. 반찬도 아닌 것들을 똑같이 싸 오는 걸 들킬까 봐 조마조마했다. 그런 맘까지 들키는 건 분명 수치스러운 일이었다.

물을 가둬놓은 논에 독새풀이 자랐다. 개구리알들이 물컹거렸다. 유란이가 개구리알을 가리켰다.

"저건 뭐야? 누가 내다 버린 거야?"

"깨구락지가 버린 거야."

"개구리가 버렸다고?"

나는 갑자기 웃음이 터져 나와 고개를 돌렸다. 새벽마다 우리 집 아래 사랑방으로 찾아와 술을 마시는 생필이 아버지 때문이었다. 그는 전생에 맡겨놓은 술을 찾아 먹으러 돌아다녔다. 해장술을 마신 그는, 연달아 방귀를 뀌었다. 보다 못한 아버지가 웃으며 말했다.

"자네 지금, 깨구락지 몇 마리나 깔고 앉았는가?"

그는 주막 문이 열릴 때까지 면 소재지를 배회했다. 어느 날 우악스러운 마누라 손에 이끌려 주막에서 나온 그는, 찻길의 물웅덩이에 들어앉아 팔과 다리를 내두르며 울고불고하였다.

"아이고, 아이고야, 길바닥에 내팽개쳐진 깨구락지보다도 못한 내 팔자야."

배를 움켜쥔 나는, 유란을 보면서 어렵사리 대답했다.

"깨구락지알이야. 저기서 올챙이가 나와."

"언제?"

"물이 따뜻해지면. 꼬리를 흔들며 올챙이들이 돌아다녀."

"그럼. 저 까만 점들이 다 올챙이가 되는 거야."

"그래. 까만 점들이 올챙이가 되는 거야."

유란은 논두렁에 쭈그려 앉았다. 한참을 신기해하며 개구리알을 들여다보았다. 유란은 단추를 풀고 원피스 소매를 걷어 올리고는 논물에 손을 집어넣었다. 내 손에도 물이 묻었다. 물의 차가운 기운이 온몸에 퍼졌다. 유란은 개구리알을 떼어냈다. 그러고는 손바닥에 개구리알 둘을 올려놓았다.

"야, 이것 좀 봐봐라!"

나는 슬그머니 다가가 유란이 손바닥에 올려진 개구리알 둘을 보았다.

"눈동자 같지 않아? 사람 눈 속에 있는, 까만 점 같지 않아?"

나는 유란의 손바닥이 눈을 달았다고 생각했다. 그런 다음 개구리알 둘이 손바닥에서 눈을 달 수 있는 확률에 대해 생각했다. 나는 언젠가 그런 날이 꼭 올 거라 믿었다. 그렇게 될 때까지 유란이 곁에 머물고 싶었다.

유란은 갈래머리를 따 길게 늘어뜨렸다. 유란이 곁에 서서 걷는다고 생각했지만, 논둑에서는 누군가가 앞서 걷고 하나는 뒤서 걸어야 했다. 신작로로 나왔을 때, 유란은 오른손을 살짝 오므려 쥐고는 말했다.

"춥겠지? 개구리알 둘."

오른손 아귀를 살짝 벌리고 입김을 불어넣은 그녀가 속삭이듯 말했다.

"따뜻하지? 물속보다는."

나는 쭈그려 앉아 실눈을 뜬 그녀를 바라보았다. 거기에도 개구리알 둘이 고이 담겨 있었다. 멀찍이 떨어져 앉아 속으로 입김을 불어 넣었다.

## 민들레


 겨우내 뒷산 황토를 지게에 져 나르는 아버지의 가쁜 숨에서 쇳소리가 이어졌다. 객토<sup>客土</sup>한 논들이 미봉산 그림자와 전봇대와 유란이 사는 기와집을 축소해 받아안고 잔물결 비늘살을 만들었다. 물이 넘치지 않게 물결이 몇 센티씩만 일렁이게 걸음을 옮기는 투명한 거인의 알몸에 바람이 감겼다 풀렸다. 물결의 골에서 아무나 들을 수 없는 물소리가 밀려왔다. 황토물이 든 논바닥에 개구리알이 뭉텅이 진 채 가라앉았다. 개구리알은 물속의 때를 박박 문질러 닦아낸 것처럼 지저분하였다. 엿을 골 때 솥 둘레와 부뚜막을 훔쳐낸 행주와 흡사했다.
 나는 헛간에 매 놓은 암염소를 끌고 양지바른 곳으로 걸었다. 성경과 찬송 책을 옆구리에 낀 유란이 교회에 가고 있었다. 유란과 내가 걷는 길이 만나는 지점은 석회 부대를 쌓아놓은 냇물 둑이었다. 나는 걸음을 돌리는 대신 보폭을 짧게 해서 걷는 쪽을 선택했다. 유란이 먼저 지나갔으면 하고 바라서였다. 그러나 나를 발견한 유란이가 걸어오는 것이었다. 오늘은 암염소를 끌고 오길 잘했다 싶었다. 숫염소에게서 나는 지독한 노린내를 유란에게 들키고 싶지 않았다. 나는 몇 번이고 코로 숨을 들여 쉬면서 재차 냄새를 확인했다. 배불뚝이 암염소에게서 노린내가 심한지 안 그런지. 유란은 종종걸음으로 내게 다가와 덥석 물었다.

"염소 매러 가니?"

어렵사리 말한 유란은 숨이 가쁜 눈치였다. 내 마음처럼 볼이 빨개졌다. 유란의 말에 짧게 대답한 나는 바로 되물었다.

"응. 교회에 가는 거니?"

암염소에게 끌려가지 않으려고 버텼다. 아침밥과 함께 먹은 김치찌개 냄새가 올라올 것만 같았다. 입을 다물고 버티는 내게 유란이 물어왔다.

"염소 매고, 교회에 같이 가면 안 되겠니?"

유란은 나를 만날 때마다 교회에 같이 가자고 보챘다. 나도 유란과 교회에 가고 싶지만, 그게 언제가 될지 확답할 수 없었다.

아버지는 밥상머리에서 누가 뭘 얼마만큼 먹는지 관찰했다. 누구네 집은 보리쌀도 떨어져 삼시 세끼 수제비만 먹는다더라. 보리에 쌀을 조금 넣은 혼식이 소화가 잘돼 방귀도 잘 나오고, 흰쌀밥만 먹는 것보다 힘쓰는 데 낫다고 말했다. 아버지는 우리보다 잘 사는 사람들을 깎아내리거나 아예 언급 자체를 하지 않았다. 대신 나보다 공부 잘하는 아이, 농사일 잘 도와주는 아이, 가난한 집에서 어렵게 공부해 출세한 사람, 초등학교만 마치고 바로 공장에 취직해 지독하게 돈을 모아 부모에게 적잖은 농토를 사 준 사람의 이야기에 열을 올렸다. 매일 보리밥에 된장 김치찌개를 먹을 수 있는 것만 해도 중산층 이상은 된다는 결론에 이르렀다.

"기덱아, 밥 먹고 얼른 나가 염소 매고 와라. 오늘이 그믐 사리니 서둘러 김 뜯어 와야지."

나는 아버지가 말하는 바다 물때를 허투루 들어 도통 알아들을 수 없었다.

"오늘도 안 돼?"

유란의 다그치는 말에 나는 매가리 없이 고개를 끄덕이는 수밖에 없었다.

"너 오늘도 바다에 가는구나, 그렇지?"

"응. 아버지와 김 뜯으러 가야 해."

유란은 오른 어깨께로 살짝 고개를 누인 자세로, 나를 바라보며 말했다.

"그렇구나. 김은 언제까지 뜯어야 하니?"

"억세고 누레져서 상품 가치가 없어질 때까지… 날이 더워지면 김과 파래는 흐물흐물 녹아버려."

"그럼 그때 교회에 같이 갈 수 있니?"

염소 고삐를 힘주어 잡고 버티는 내게 유란은 더는 바람을 접었다는 듯, 허리 아래께로 내린 두 손을 짧게 흔들고는 말했다.

"잘 갔다 와. 아직 날씨가 추워."

나는 유란의 눈을 힐끔 보고는 힘없이 말했다.

"너도 잘 다녀와라."

하얀 원피스에 코트를 걸친 유란은 구부러진 도랑 윗길을 따라 걸어갔다. 외양간 산모퉁이를 돌아 나오는 바람이 솜털 하나까지 일일이 건드려 간섭하는 느낌이 들었다.

유란은 금맥을 찾는 아버지를 따라 작년 여름에 전학 왔었다. 산 너머에서 사이렌이 울리면 얼마 안 있어 다이너마이트 폭파음이 들렸다. 나는 금이 많이 나왔으면 하고 바랐다. 그래야 유란이가 전학을 가지 않을 것이었다. 아버지는 열다섯부터 십육 년 동안 금광에 다닌 이야기를 들려주었다. 누구보다 금광 사정에 밝은 아버지는, 일본 놈들이 거진(거의) 파먹어서, 이제 금을 캐도 타산이 안 맞는다고 단언했다.

"괜스레, 뒤늦게 헛물켜고 덤벼든 거여."

아버지는 바다 밑으로 갱을 파고 들어가도 소용없다고 했다. 까딱 잘못하다가는 바닷물이 쳐들어와 여러 사람 수장시킬 거라고 했다. 나는 일본 놈들이 수탈해 가지 못한 엄청난 금맥이 조만간 발견될 거라고 굳게 믿었다.

암염소는 거푸 똥구멍 같은 주둥이를 놀려댔다. 마른풀들 사이에 낀 파란 풀을 뜯었다. 암염소 눈엔 풀이 어떻게 보일까 궁금해졌다. 암염소는 풀만 뜯고 뿌리는 건드리지 않았다. 암염소 배때기가 뭉클하게 움직였다. 염소 배에서 새끼가 나오면 민들레꽃이 활짝 피어 있을 것이었다. 어서 하얀 민들레꽃을 따다 유란이 머리핀 대신 꽂아주고 싶었다. 생화를 머리에 꽂으면 사람들은 미친 데기라고 생각하겠지만, 잠깐이면 상관없었다. 유란과 교회에 가는 날이 그려졌다. 교회 종탑에서 시작된 종소리가 낮게 깔려 논물을 받아 안는 웅덩이에도 퍼졌다. 살진 송사리와 새끼 송사리 떼 지어 몰려다녔다. 햇살이 물꼬 아래 웅덩이를 훤히 비추려고 달려들었다.

## 부활절

    유란 아버지의 금광 위로는 아름다운 야산이었다. 사람들은 그곳을 수봉秀峯이라고 불렀다. 수봉의 정상에서는 서해와 길쭉한 섬 사로도已路嶋가 한눈에 들어왔다. 일제강점기에 일본인 금광 업자가 만든 콘크리트 제단이 있었다. 노다지가 터지게 해달라고 하늘에 제사를 지내는 곳이었다. 해방이 되자, 밀린 임금을 떼먹고 줄행랑친 금광 업자에게 분노한 광부들이 몰려가 제단의 지붕과 벽을 허물었다. 얼마나 견고하게 지었는지 수십 명이 달려들어 깨부수는 데도 애를 먹었다고 하였다. 유란 아버지도 지푸라기를 잡는 심정으로 하늘에 지내는 제祭를 준비했다.
    독실한 크리스천인 할머니와 엇나가는 아버지가 좀처럼 이견을 좁히지 못했다. 할머니는 제사나 고사 대신 부활절 날 교회에서 기도를 드리자고 하였다. 삶은 돼지머리와 제대로 된 제사 음식을 올리자는 아버지가 옥신각신했다. 결국 제단에서 제사를 지내는 대신 동네 사람들을 위해 푸짐하게 잔치 음식을 준비하기로 하였다. 유란의 중재로 어렵사리 타협점을 찾은 것이다. 유란의 새엄마는 좋은 날 술이 빠질 수 없다며 도갓집에 그날 마실 동동주를 넉넉히 맞춰놓았다.

대망의 부활절이 다가왔다. 그날은 마침 일요일이었다. 우리는 토요일 저녁부터 유란네 집 근처를 맴돌았다. 전을 부치고 잡채를 만들고 고기와 해물로 산적을 만들었다. 내가 좋아하는 최고의 제사 음식은 말린 낙지로 만든 낙지호롱이었다. 추수가 끝난 늦가을에 시제를 지내는데 나는 낙지호롱에서 눈을 떼지 못했다. 유란과 조금만 더 친했다면 말린 낙지를 쪄서 나무꼬챙이에 돌돌 말아놓은 낙지호롱을 강력히 추천했을 텐데, 아쉬움이 컸다.

만득이와 동네 아저씨들은 지게에 상과 음식과 그릇을 져 날랐다. 만득이는 지게에 무거운 나무 상들을 포개 올리고 양손에 동동주 통을 들었다. 현교 아버지는 시루떡 대야를 미숙이 아버지는 강정을 담은 종이상자를 승혁이 아버지는 생선찜을 담은 대소쿠리를 지호 아버지는 대야에 가득 담긴 그릇을 날랐다. 그들 뒤에 그늘막 포장을 짊어진 주정뱅이 대범이와 바지랑대를 나눠 든 기생 오라버니 배정기와 생필 아버지, 술에 취해 주접을 떨기 바쁜 순필 아버지가 뒤따랐다. 앞치마를 두른 아줌마들은 대야에 음식을 나눠 이고 줄지어 왼팔을 흔들었다.

부활절 예배를 마친 할머니와 유란이가 조미숙 엄마를 비롯한 몇몇 교인들을 모시고 도착했다. 유란 할머니와 조미숙 엄마가 나서서 동네 사람들에게 부활절 달걀을 나누어 주었다. 그늘막 천막을 세운 사람들은 솥을 걸고 돼지국밥을 끓였다. 술꾼들은 그새를 못 참고 술상 앞에 퍼질러 앉았다. 유란 할머니의 극진한 섬김을 담은 기도문이 바람에 감겨 휘어져 들렸다. 유란 아버지는 눈을 감고 있다가는, 기도문이 끝나는 즉시 '아멘. 할렐루야.'를 외쳤다. 찬송이 시작되자 다시 눈을 감고 꿀 먹은 벙어리가 된 그는, 더듬어 술잔을 찾았다. 슬금슬금 수봉으로 올라선 나는 아줌마들이 음식을 덜어서 내가는 과방으로 가서는 낙지호롱을 찾았지만, 내 눈엔 배가 갈린 채 다리를 벌린 찜닭 세 마리가 눈에 들어왔다. 누가 보지 않는다면 잽싸게 닭 두 마리를 낚아채 도망가고 싶었지만, 찜닭은 어머니의 손에 쭉쭉 찢겨 접시에 나뉘어 담겼다. 나는 먼지가 들어간 눈을 비볐다. 그때 누군가, 내 오른팔을 잡아끌었다. 조미숙이었다. 그녀는 앞니만 하얀 바닷가 소녀였다.

"야, 김기덱. 너 아까부터 내가 쭉 지켜봤는데 말이야. 너 찜닭 들고 튀려다 너네 엄마가 찢어놓는 걸 지켜보고 울컥했지?"

나는 조미숙을 쳐다볼 수 없어서 고개를 돌렸다. 하지만 조미숙은 기어이 내 눈을 확인하려고 주위를 맴돌았다. 조미숙을 피해 수봉의 잔등을 따라 퍼진 왜솔 숲을 걸었다. 뒤를 따르는 조미숙이 깝죽거렸다.

"찜닭 말고 고기 산적 생선 산적은 어때? 소고기 잡채는 어때? 개떡 말고 약밥은 어어때애?"

확 그냥. 돌아서서 시원하게 박치기를 날리고 싶지만. 나는 어떻게든 참는 수밖에 없었다. 조미숙 엄마(양 권사님)는 우리 집에 종종 마실 와서는 어머니와 죽이 잘 맞아 웃고 떠들었다. 그때마다 조미숙도 따라와 엄마 등에 업혀 돌아갔다. 내가 조미숙을 들이받으면 여린 아줌마가 얼마나 상처받을까. 아무리 봐도 조미숙은 아줌마가 낳은 애가 아니지 싶었다. 예쁘고 예의 바르고 품위까지 있는 아줌마 뱃속에서 어떻게 조미숙 같은 돌연변이가 나올 수 있을까. 아무래도 조미숙은 읍내 장터 쪽다리 밑에서 주워 온 애가 확실해졌다.

조미숙의 놀림이 멈춰 돌아봤는데... 그녀는 코를 틀어쥐고 뒷걸음질 쳤다. 이상해서 조미숙의 시선을 따라갔는데... 보따리를 안은 똥산이가 웃으며 다가왔다. 나는 나도 모르게 왔던 길로 뛰었다. 숨 가쁜 조미숙이 내 등에 안겨 하마터면 고꾸라질 뻔했다.

순필이 아버지는 벌써 만취해 술잔을 들고 유란 할머니와 새엄마를 따라다녔다.

"이 많은 음식을 정성껏 준비하느라 고생했는데 내 술 한잔 받아봐유. 더도 덜도 말고 딱 한 잔만 받아보라니. 오늘은 술 한 잔씩 마셔도 되는 날 아닌가유? 어서 받아보라니까."

연영이 큰오빠가 나서서 아저씨를 술상 앞에 눌러 앉혔지만, 그는 용수철처럼 튀어 올랐다. 유란 할머니 옆으로 늘어선 교인들은 술 취해 지옥 불구덩이에 빠진 사람들을 위해 기도를 드렸다. 그때 술 취한 유란 아버지의 고성이 들려왔다.

"아니 제사를 지내야지! 제사를! 기도하면 뭐가 달라져 달라지긴!"

유란 아버지는 술잔을 들어 상을 내리치고는, 고개를 젖혀 하늘을 보았다. 할머니의 조용한 목소리가 그의 울음을 잠재웠다.

"우리도 우리 하나님한테 우리 마을을 위해 기도를 드리고 온 거예요. 예수님이 우리의 죄를 위해 십자가에 못 박혀 죽으시고, 사흘 만에 무덤에서 부활하신 날이 오늘이잖아요. 우리들도 이 컴컴한 지난 세월의 고난을 지나 새로운 영광의 날을 맞을 수 있길 기도하고 온 거라고요."

여전히 상황 파악을 못 한 생필이 아버지가 벌떡 일어났다. 그는 술에 취해 주먹 쥔 손을 휘두르며 군가를 불렀다. 미봉산 밑에서 혼자 사는 안 씨 영감님은 바닥에 군용 담요를 깔아놓고 놀음판을 벌일 참이었다. 배정기는 이장 옆에 찰싹 붙어 알랑방귀를 뀌기에 바빴다.

"성님, 지는 유. 성님이 무턱대고 좋다니께유."

그는 술잔을 부딪치고는, 허리를 바짝 굽혔다. 술을 마시는 척하고 상 밑으로 흘렸다. 안주 빨만 세운다는 타박을 피하기 위한 그만의 전략이었다. 술을 질질 흘린 그는 좋아하는 음식 접시를 날라오기에 바빴다. 그가 이장의 눈치를 보면서 입을 열었다.

　"성님, 오늘은 어찌 된 영문인지 술이 취하네유. 술도 많이 마시면 취한다더니만, 그 말이 정말이었나 봐유."

　그는 취한 척 혀를 꼬아 말하곤 했지만, 젓가락질만큼은 똑발랐다. 이것저것 급히 주워 먹은 그는 올챙이배에서 복어 배가 되었다. 급기야는 담임의 고창증 걸린 짝짝이 염소 배가 되고 말았다. 너무 급히 음식을 욱여넣은 그는, 옆으로 몸을 비틀면서 간신히 자리에서 일어났다. 신발 바닥을 끌면서 걸어가던 그가 돌부리에 걸려 고꾸라지고 말았다. 불룩한 배로 바닥을 치받은 그는 급하게 욱여넣은 음식을 게워 내는 수밖에 없었다. 손가락 둘을 입안에 찔러넣고 토하기를 멈추지 못했다. 대충 씹어 넘긴 엄청난 양의 음식을 토했다. 사람들은 배정기 주위에 둘러섰다. 이장이 나서서 발랑 뒤집어진 그의 배를 꾹꾹 누르며 말했다.

　"이이 미련 곰탱이 같은 눔아. 누가 뺏어 먹는다더냐. 술만 마셨다더만, 이거 토해낸 건 다 누구 배때기에 들어갔다 나온 거시냐."

　이장이 배를 누를 때면 그의 입으로는 노란 액체와 끈질긴 침이 섞여 나왔다. 지팡이를 집어 든 순필이 할아버지가 코를 틀어쥐고는 토사물을 검사하였다. 벌떡 일어난 할아버지는 배정기의 배때기에 체중을 실은 지팡이를 내리꽂았다. 그러고는 지팡이를 꽈 돌리면서 말했다.

　"삽시간에 드럽게 많이도 쳐드셨네. 돼지 산적 두 접시에 닭다리 둘에 돼지국밥이 두 그릇. 잡채가 한두 접시에 해물 산적이 한 접시 가

웃이라. 이 자슥아, 너 짜구나지 않은 걸 다행이라 여겨라. 비싼 돈 들여 가지고 공업고등공민전수핵교까지 들여 보내줬더니 맨날 허는 짓거리가 고모양이냐."

할아버지는 지팡이를 들고 일어나서는, 술상 앞으로 걸어갔다. 그러고는 주전자째 술을 부어 마셨다. 할아버지는, 손목에 지팡이 손잡이를 걸치더니 내둘러 돌리기 시작했다. 팔목에서 튕겨 나간 지팡이가 날아올랐다. 할아버지는 지팡이가 떨어진 곳으로 상을 타 넘어 달려갔다. 철퍼덕 주저앉은 노인은 지팡이를 바닥에 대고 돌려 박았다.

"내가 깜박하고 이번 식목일은 지나쳤는데 말이여. 내가 지금 나무를 심겠다는데 끈 놈 있으면 당장 나와 보라고 혀. 내가 뭐 이래 보여도 심은 나무는 죽인 적이 없는 나무 도사란 말이여."

노인은 한참 혼잣말을 씨불이더니 옆으로 쓰러져 잠들었다. 난동을 부리던 노인이 무대에서 사라지자, 술이 오른 아저씨들 목소리가 커졌다. 현교 아버지의 출혈된 눈이 불안했다. 그는 숟가락을 꽂은 주전자를 흔들어대면서 춤을 추었다. 그와 눈이 마주칠까 두려웠다. 상 위에 올라간 그는 주위를 둘러보았다. 까딱 잘못하면 상이 뒤집히고 그는 뒤집힌 상 밑에 깔리게 될지도 몰랐다. 아니나 다를까 그가 상에서 미끄러졌다. 민망한 그는 한동안 잠자코 있었다. 슬쩍 머리를 들고 일어나려는 그와 눈이 마주치고 말았다. 나는 가슴이 철렁 내려앉는 느낌이었다. 그는 술에 취한 사람이 얼마나 흉악한 개가 될 수 있는지 충분히 보여준 사람이었다. 순간 그는 썩은 미소를 짓더니, 내 팔을 끌어당겼다. 그가 갑자기 핏대를 세우면서 소리쳤다.

"오늘 말이야, 고사를 지내야 하는 거 아니었어. 그래서 내가 말이야, 웃는 돼지머리를 구해온 거 아니겠어. 다들 여길 보드란 말이야, 이 곱

상한 미소년을 웃는 돼지머리 대체자로 쓰면 어떻겠어. 내 발상이 기가 막히지 않으냐 말이여."

그는 다짜고짜 내 팔을 끌고 가서는 상 앞에 눌러 앉혔다. 그러고는 상 위에 내 턱을 갖다 붙이고 무릎으로 등을 짓누른 채 귀엣말했다.

"웃어 봐라. 활짝 좀."

그는 내 뒤에 앉아 꼼짝 못 하도록 어깨를 움켜쥐었다. 그의 지시에 따라 사람들은 내 콧구멍, 귓구멍에 돌돌 말린 지폐를 찔렀다. 더러는 입을 벌리고 지폐를 물리고는 절했다. 지폐는 바로바로 그가 수거해갔다. 보다 못한 아버지가 달려들어 현교 아버지의 아구창을 날렸다. 천천히 뒤돌아보았다. 아버지는, 나가떨어진 망나니의 멱살을 틀어잡았다. 높이 들어 올린 주먹이 부들부들 떨렸다. 어머니가 달려와 나를 안았다. 나가떨어진 현교 아버지가 깨어날까 봐 돌아보곤 했다. 어머니는 내 어깨를 감싼 채 밀대 방석을 둘러친 과방으로 데려갔다. 어머니는 동생들에게 갖다줄 음식을 보자기에 담아 묶었다. 보자기를 내게 안긴 어머니는 먼저 집에 가 있으라고 등을 떠밀었다.

꽃 핀 개복숭아나무 밑에 유란과 똥산이가 향로상을 놓고 마주 앉았다. 유란은 무슨 말인가를 하고 똥산이는 그녀의 얼굴을 보면서 웃었다. 겸상하고 앉은 그녀들 머리 위로 분홍빛 꽃들이 활짝 벌어져 있었다. 콩고물을 꾹꾹 찍은 인절미를 집어 든 유란이가, 어서 입을 벌리라고, 똥산 아줌마를 다그치고 있었다.

2장

하얀 민들레꽃을 따다
유란이 머리핀 대신 꽂아주고 싶었다

## 피란

 현교 집에서 밥상 엎어지고 아저씨의 분노가 극에 달한 욕지거리가 쏟아져 나왔다. 뒤이어 현교 엄마의 자지러지는 울음과 살림살이 깨지는 소리, 아이들 숨넘어갈 듯 울어 젖히는 소리가 합쳐졌다. 나는 밥을 먹다 말고 맨발로 대문까지 뛰어나가 쌈을 구경하기에 이르렀다. 까딱 잘못하다가는, 오늘 밤에도 현교 아버지의 난동 때문에 우리까지 피란 가야 할 조짐이었다.
 현교 아버지는 월남에 갔다 온 파월 용사였다. 주막에서 만취해 돌아와 꼭지가 돌면 살림살이를 들어 엎었다. 월남의 밀림 전투에서 국군 최후의 생존자가 된 그는 부엌칼을 들고 육박전을 벌였다. 아저씨들이 군대 얘기할 때마다 그는 뒷전에 앉아 조용히 술을 마셨다.
 아직 기온 차가 심한데 산으로 피란해 잠을 자야 했다. 우리 집 함석 쪽문에도 현교 아버시가 후벽판 부엌칼 자국이 세 개나 뚫려 있었다. 현교 할머니와 엄마가 우리 집으로 도망쳐 왔다. 현교 아버지는 혼자서 월남의 밀림 속 마을로 잠입해 난동을 부렸다. 그는 베트콩과 내통한 마을을 쑥대밭으로 만들어놔야 직성이 풀리는 미치광이로 돌변했다.

대검 대신 부엌칼을 든 그는 몇 집을 거쳐 우리 집으로 들이닥칠 것이었다. 어머니는 서둘러 밥상을 물리고, 아버지는 지게에 지고 가기 편한 홑이불을 개켜 올렸다.
"누가 똥이 무서워 피하겠냐고!"
비겁해 보이는 아버지 얼굴을 힐끔힐끔 쳐다보며 다락에 들어가 자면 안 되겠냐? 넌지시 묻고 싶었다. 실제로 그리 물었다간 격분한 아버지가 귀퉁배기를 올려붙일지도 몰랐다. 칭얼대는 동생들을 깨워 앞장서 미봉산을 올랐다. 웬일로 유란이 새엄마가 할머니와 유란, 유경을 데리고 먼저 도착해 있었다.
열다섯 집 식구가 피란길에 올랐다. 아이 셋을 내팽개치고 도망 나온 현교 엄마는 연신 어깨를 들썩이고, 할머니는 미안하다고 말하지 않는 대신 아들 욕만을 해댔다.
"주지랄 놈! 주지랄 놈!... ."
할머니 입에서는 같은 욕만 연이어 나왔다.
현교 아버지 손에 들린 부엌칼은 동네를 벗어나지는 않았다. 누구 하나 지서에 신고하는 사람도 없었다. 날이 새면, 오늘 일은 맹꽁이 울던 똥독에나 빠질 것이었다.
솔걸에 홑이불을 깐 나는 유란이 가족 쪽으로 돌아누웠다. 아저씨들은 담배를 피우고 소주잔을 들이켜고, 도시락통에 싸 온 군둥내 나는 김장김치 쪼가리를 잘근잘근 씹었다. 아주머니들도 옆에 둘러앉아 농사 얘기를 하거나 도시로 나간 자식 자랑을 늘어놓았다. 유란이 새엄마는 쭈그리고 앉아 이불을 뒤집어쓰고는 껌을 씹었다. 지금은 이른 봄인데도 여름의 통통한 벌레가 어금니에 재깍재깍 먹여져 터지는 소리가 요란했다. 잠결에 요강을 더듬어 찾던 나는 곧 미봉산이라는 걸 알아차렸다. 오줌을 참고 다시 잠을 청했다. 어른들 목소리는 잠결에 쐐기를 박으며 이어졌다. 가끔, 빈틈에 찔러 넣는 쐐기 말은
"가구도 안 닿는 소리 허덜덜덜 말어!"
였다. 나는 가구도 안 닿는 소리에 대해 생각해 봤다. 천장이 높다는 얘긴지, 가구가 보잘것없이 작고 낮다는 얘긴지, 뜬구름 잡는 소리를 한다는 얘긴지, 집도 아는 사람도 없다는 얘긴지. 한쪽 눈을 뜨고 별을 보다 뭉텅이로 붙어서 자는 사람들을 비집고 나가 오줌을 누는 수밖에 없었다. 체온이 빠져나간 몸이 진저리를 쳐댔다. 낮은 산봉우리들과 서해가 희뿌옇게 펼쳐졌다. 몽당 작대기 소총을 하늘에 대고 난사하던 현교 아버지의 울부짖음이 잦아들었다. 똥바가지가 된 철모를 끌어안고 나가떨어진 그를 어머니와 부인이 합심해 집으로 옮기고 있었다.

밤새 울던 부엉이 소리가 뜸해졌다. 골짜기마다 부엉이가 한 마리씩 살았다. 부엉이는 왜 모여서 살지 않을까. 아니 왜 모여 살지 못할까. 왜 미친 데기는 모여 살지 못할까. 골짜기 돌무지에 웅크린 채 밤을 새운 똥산 아줌마의 윤곽이 희미하게나마 잡혔다. 그녀는 왜 뱀이 우글거리는 돌무지를 보금자리로 삼을까. 나는 그녀가 놀라는 걸 본 적이 없었다. 사람들이 그녀가 목욕하는 걸 본 적 없듯이. 나는 그녀가 놀라는 걸 본 적이 없었다. 그녀 얼굴에 뜬구름처럼 머물렀다가 가는 슬픈 표정은 사람들이 눈치채지 못하는 사이 사라졌다. 세숫대야에 담긴 미지근한 물에서 피어오른 희미한 김과도 흡사한 거였다. 사람들은 그녀가 언제나 웃을 거라 넘겨짚었다. 그녀는 자신의 속엣것들을 낱낱이 파헤쳐 살피는 모양새였다. 무릎을 세운 채 앉은 자세를 유지했다. 접힌 무릎에 팔꿈치를 대고 손깍지를 끼워 올려 턱을 괴었다. 부엉이 우

는 소리가 메아리 되어 미봉산 골짜기를 오갔다. 똥산이는 더는 감당키 어려운 가족에게 버려지지 않았을까. 서로에게 떠넘겨진 끝에 가족에게도 친구에게도 잊힌 존재가 되지 않았을까. 사람들에게 애물단지가 된 걸 더는 견딜 수 없어 멀리 도망친 게 아닐까. 그것도 아니라면 애초에 고아가 아니었을까.

미명의 새벽에 미봉산 꼭대기까지 오른 나는 기괴한 소리를 질렀다. 그때마다 내게 돌아오는 메아리가 서글펐다. 기괴한 소리는 골짜기와 골짜기를 오가며 진이 빠져 사라졌다. 누구도 가지려 하지 않는 물건처럼 골짜기들은 서로에게 떠넘기기에 바빴다. 쓸데없는 말을 많이 한 날에는 공허함만이 남았다. 똥산이는 말을 하지 않았다. 아니었다. 할 말이 너무도 많아 웃음으로 대신하는 건지도 몰랐다. 아니면 하고 싶은 말이 모두 웃음으로 변하는 건지도 몰랐다. 그녀는 누구의 말도 들으려 하지 않았다. 그녀는 불현듯 솔잎을 한주먹 훑어 입안에 욱여넣고는 게걸스럽게 씹어먹었다. 입가로 밀려 나오는 녹즙은 발밑에 밟힌 벌레의 피처럼 선명할 테지만, 그렇게 끔찍하지는 않았다. 그녀가 포대기에 싸 업고 다니는 것은 무엇일까. 유란도 일어나 이불을 뒤집어쓰고, 똥산이 쪽을 지켜보는 것 같았다.

아버지는 새벽에 일어나 담배를 피워 물었다. 환희 담배꽁초 일곱 개비가 필터만 남기고 황토에 꽂혔다. 기침이 차올라 홍시 얼굴이 되었는데 아버지는 줄담배 피우기를 멈추지 못했다.

"이제 식구 깨워 집으루 내려들 가자."

아버지는 마지막 꽁초를 자잘한 자갈이 섞인 황토에 꽂았다. 갈빗살이 하얀 못자리 비닐이 탱탱했다. 숨찬 못자리 비닐 갈빗대가 선명해지도록 미봉산을 내려왔다.

## 사로잡

　미봉산에 불이 번진 시간은 2교시 수업이 시작된 직후였다. 산 중턱으로 불길이 번져 누리끼리한 연기가 하늘을 뒤덮었다. 미봉국민학교 5, 6학년생들은 산불 진화 작업에 총동원되었다. 5학년 1반 애들도 양동이와 대빗자루와 생솔가지를 꺾어 들고 서쪽 산등성이로 뛰었다. 세상에 가장 재미난 구경이 불구경이고, 그다음이 싸움 구경이라는 말이 정말인 것 같았다. 계곡의 냇물을 양동이로 퍼 일렬로 늘어서서는 불길 근처로 전달했다. 어른들도 생솔가지를 꺾어 들고 불길을 때려잡았다. 얼마 가지 않아 사람들 얼굴은 숯등걸로 변했다. 다행히 바람이 잦아들어 초기 진화가 가능했다. 그래도 안심이 안 된 사람들은 잔불이 의심되는 곳이면 물을 뿌리고 생솔가지로 두들겨 패 연기까지 모조리 때려잡았다.
　누가 불을 냈는지 말만 분분히 오갔다. 누군가 농산물 폐기물을 소각하거나 논밭 둑을 태우다 산으로 불이 옮아 붙었는지, 나무꾼이 버린 담뱃불이 발화했는지, 지서 순경들은 형식적인 조사만을 끝내고 돌아갔다.
　똥산이가 유력한 용의자로 지목되었다. 그녀가 성냥을 갖고 있지 않다는 건 동네 사람들 모두 잘 아는 사실이었다. 하지만 누군가 책임져야 매듭져질 일이었다. 그녀라면 감옥에 가거나 벌금을 내지 않을 수 있었다. 그녀는 여전히 돌무지에 앉아 있었다. 지금껏 그녀가 불을 피우는 걸 본 사람도 없었다. 한겨울에도 돌무지에서 자고 일어났다. 아무리 혹독한 추위가 찾아와도 꿈쩍하지 않았다. 누더기 한 벌로 너끈히 겨울밤을 버텨냈다. 사람들은 코를 찌르는 냄새 때문에 그녀 곁으로 다가가지 못했다. 그녀는 지독한 냄새를 피워 울타리를 만들고 자신만의 천국에 사는 수도사 같았다. 돌무지 주변은 누구도 침범하기 어려운 그녀만의 영역이 돼 있었다.

아이들은 모두 학교에 가 있을 시간이었다. 어른들의 부주의가 산불을 낸 것이었지만, 누구도 나서서 책임을 지려고 하지 않았다. 연리지 된 나무가 가지를 비벼 불을 냈을 확률은 0에 가까웠다. 아이들이 학교에 없었다면 아이들 책임으로 떠넘겨져 이리저리 불려 다니며 질책받았을 게 자명했다.

저물 무렵 이장과 반장 아저씨 넷이서 미봉산으로 올라갔다. 똥산이에게 방화 사실을 추궁해 무언의 자백을 받아내기 위함이었다. 불난 산에 그녀만이 머물렀기 때문에 그것만으로도 의심받을 여지가 충분했다. 나는 유란과 지호, 미숙과 어울려 아저씨들 뒤를 밟았다. 그녀는 돌무지에서 보따리를 베고 누워 잠든 상태였다.

"똥산아, 니가 그런 거 다 알고 왔다. 순순히 실토해라."

이장 아저씨가 닥나무 지팡이로 그녀의 턱을 들어 올린 채 자백을 종용했다. 그녀는 하늘을 처음 본 사람처럼 놀란 얼굴이었다. 어떤 겁박과 회유로도, 영문 모른 채 시작된 웃음을 멎게 할 수는 없었다. 그녀의 헤 벌어진 입에서 풍성한 입김이 밥 짓는 굴뚝에서처럼 피어올랐다.

"존 말로 할 때 순순히 털어놓는 게 신상에 좋을 거다!"

이장 아저씨도 반장 아저씨들도 애초에 그녀에게 뭔가를 바라고 온 건 아닐 터였다. 여전히 웃는 그녀 얼굴은, 이 세상과 저세상에 반반씩 걸치고 살아가는 불행한 사람을 생각하게 했다. 저세상에 살 때 즐거운 일이 하도 많았던 모양이다. 그녀는 이 세상에 없는 즐거움을 저세상에서 조금이라도 옮겨오려고 한결같이 애쓰는 모습이었다. 끊임없이 샘물이 솟아나듯 웃음이 흘러넘치고 있었다.

"야, 이년아. 얼른얼른 바른대로 실토하지 못해!"

3반장 한요 아저씨가 장화 발을 들어 올렸다. 여차하면 그녀 얼굴을 깔아뭉갤 태세였다. 하지만 그녀의 웃음을 멈추게 할 수는 없었다. 그녀는 이 세상 사람이 아니거나 이 세상 사람들과는 차원이 다른 어떤 존재인 것이 분명해 보였다. 겨울에도 추위에 떠는 법이 없었다. 누구나 걸리는 고뿔에도 걸린 전적이 없었다.

"나 원 참. 말이 씨가 먹혀야지."

이장 아저씨는 웃기만 하는 그녀 앞에서 더는 할 말을 찾지 못하는 눈치였다.

"자, 그만 내려들 가세. 모두 식겁했으니, 오늘은 내가 술 한잔내겠네."

나잇값을 못 하고 사는 1반장 배정기가 조선 말엽 미봉 현감의 애첩 둘째 오라비의 코맹맹이 소리를 재현했다.

"성님, 그려유. 얼른 내려가서 왕대포루 놀란 가슴 진정시켜야쥬."

우리는 어른들이 내려가기만을 기다렸다. 시커멓게 미봉산 서쪽 면 중턱까지 홀라당 태워 먹은 산불은 사그라든 지 오래였다. 어둠이 내린 골짜기 개울을 따라 이어진 산길 두툼한 참나무 낙엽을 어른들 장화가 밟고 끌고 채는 소리 들려왔다.

사로잠

"자네들은 누가 불 낸 범인 같은가?"

이장의 목소리가 한껏 휘어져 들려왔다.

"글씨유. 잘은 모르지만, 저짝(저쪽) 산 밑 밭둑에 불 놓던 혼자 사는 안 씨 영감님이 내지 않았을까유."

"다들 주뎅이 단단히 꼬매고 있게. 내일 아침 일찍 지서 들어가 똥산이가 한 짓이라고 진술할 테니, 그렇게들 알고 집에 들어가거들랑 곧바로 가벼운 주뎅이나 재봉으로 드륵드륵 꼬매고 있으란 말이야."

다시 배정기가 나서서 굽실거렸다.

"성님이 잘 알아서 처리해주실 줄 믿을께유."

똥산이는 여전히 하늘을 바라보며 웃었다. 동네 사람들 얼굴에는 가끔 웃음이 머물렀다. 동네 사람들은 그녀가 웃을 때, 엄숙한 얼굴이었다. 그러나 그녀가 제정신으로 돌아와 엄숙해질 때, 동네 사람들 얼굴에 잠깐 웃음이 머물렀다.

나는 산길을 내려오면서 즐거웠던 일을 더듬었다. 미봉산 뒤편 멀리서 부엉이가 울었다. 커다란 눈동자를 안경처럼 치켜뜬 부엉이 울음을 골바람이 걷어갔다. 불탄 냄새 분분한 미봉산에서 짐승들은 놀라 달아났다. 나는 얇은 잠바 뜯어진 호랑(주머니)에 손을 찔러 넣었다. 한번 뚫린 호랑의 구멍은 꿰매도 다른 데서 또 터지곤 했다. 불탄 내 진동하는 계곡에 올라탄 골바람이 재를 훑으려 날아올랐다.

# 명감 열매

　개구멍 철조망을 벌리고 학교를 빠져나왔다. 야산에 올라가 도시락을 후딱 까먹고 내려올 참이었다. 진달래 꽃망울이 오죽잖은 콩알만 하게 부풀었다. 진달래꽃이 피고 나면 함부로 산에 오를 수 없었다. 용총배기(문둥이)가 아이의 따뜻한 간을 꺼내먹기 위해 기회를 엿보고 있다 들었다. 문둥병 환자는 진달래가 필 무렵 아이의 간을 꺼내 먹으면 완치된다는 것이었다. 그건 어디까지나 농번기가 시작되면 아이들을 부려먹기 위한 어른들의 뻔한 술수였지만, 오랫동안 세뇌당해 온 아이들은 그걸 지금껏 철석같이 믿었다. 나는 어중간한 나이 열한 살이었다. 이제 아이도 아니고 그렇다고 청소년 축에도 끼지 못하는 시기였다. 나는 아이가 아니었지만, 그렇다고 용총배기의 표적에서 완전히 벗어났다고는 확신할 수 없었다.
　주위를 샅샅이 둘러본 다음 도시락 뚜껑을 열었다. 예외 없이 검은 쫄장게(돌장게) 장물과 붉은 김장김치 물이 쑹보리밥을 적셔놓았다. 다시 교실에서 도시락 뚜껑을 열었다면 부잣집 막내아들 한기철의 사냥감이 되어 벌써 자존심이 발렸을 것이다. 간장에 절인 쫄장게장은 짜디짰다. 대충 씹다 퉤퉤퉤 뱉어낼 수밖에 없었다. 생김치 비빔밥이 된 도시락을 후딱 해치우고, 다시 주위를 둘러보았다. 더는 도시락을 싸다니고 싶지 않았다. 담임한테 집에 가서 점심 먹고 오겠다고 말했지만, 번번이 퇴짜 맞고 돌아섰다. 담임에게 걸려 된통 깨지더라도 진달래가 피면 집에 가서 밥 먹고 한숨 자고 와야 할까 보았다.

독후감 쓸 책을 마저 읽은 나는 교실로 들어가 책상에 원고지를 꺼내놓았다. 이번만큼은 멋진 독후감을 써내 선생님을 놀래줄 자신이 있었다. 하지만 주변 환경이 작심한 나를 훼방 놓았다. 아이들이 복도 창에 붙어 웅성거렸다. 소란스러운 아이들 목소리가 점점 커져만 갔다.

"잘한다, 잘한다, 김재남, 조금만, 힘내라. 김재남, 힘내라!"

호기심이 발동한 나는 어느새 애들을 밀치고 들어가 복도 창문에 바짝 붙었다. 애들은 복도 창을 열고 녀석을 응원하였다. 녀석이 똥산이 보따리를 빼앗으려고 한참 실랑이를 벌이는 중이었다. 그녀는 보따리를 내놓지 않으려고, 그걸 품에 감싸안고 버텼다. 녀석은 이대로는 안 되겠다 싶었는지, 급기야 똥산이의 다리를 걸어 넘어뜨리는데 성공했다.

"안 내놔! 이게 안 내놔!"

볼때기에 징그러운 실핏줄 지렁이가 우글거렸다. 녀석은 발악하면서 보따리를 빼앗는데 목숨을 걸었다. 보따리를 품에 안은 그녀는 납작 엎드려 결사적인 방어 자세를 취했다.

"이게, 증말(정말), 안 내놔!"

날렵하게 등에 올라탄 녀석은 오른팔로 목을 감고 조였다. 똥산이는 곧 숨이 멎을 것만 같았다. 녀석의 왼손은 흩어진 머리카락을 움켜잡고 있는 힘껏 내둘렀다. 지금 당장 항복을 받아낼 기세였다.

"증말 안 내놀래! 너 오늘 죽고 싶어 환장했어!"

그녀는 겨우 꺽꺽 소리를 내면서 울었다. 그때야 녀석은 머리끄덩이를 움켜쥔 손을 풀고는, 그녀의 허리 포대기 줄을 끌렀다.

"아아아... ."

그녀의 울음이 드디어 시동 걸린 방앗간 발동기 소리처럼 우렁찼다. 그녀는 잠깐 보따리를 감싸안은 손깍지를 푸는 수밖에 없었다. 그 틈을 파고든 녀석은 끌러진 포대기를 냅다 풀어헤쳤다. 아기 배냇저고리와 베갯잇과 가제 손수건들과 무명천에 싸맨 성경 찬송가 책과 작은 십자가와 나무 묵주가 나왔다. 그녀는 퍼질러 앉아 두 발을 내두르며 울부짖느라 조만간 혼절할 것만 같았다. 녀석은 똥산이의 예상 못 한 발악에 짐짓 놀라 멈칫했다. 애들은 녀석의 이름을 연호하며 마무리할 힘을 실어주었다.

"김재남, 김재남, 잘한다, 김재남!"

녀석은 그녀의 포대기마저 끌렀다. 그러고는 잔모래 깔린 냇물 웅덩이에 아기 이불과 땟국에 절여진 옷가지와 그녀가 아이를 안고 찍은 백일 기념사진을 차례로 투척했다. 순식간에 녀석은 애들의 영웅으로 등극했다. 그동안 아무도 풀어헤치지 못한 보따리와 포대기를 최초로 끌러본 인물이었다. 동네 양아치 삼총사 형들이 한꺼번에 달려들어 시도했을 때도 실패로 돌아간 일이었다.

"난 또, 무슨 진귀한 국보급 보물이라도 도굴해 쏴(쏘)다니며 판로를 개척하는 줄로 확신했잖아!"

녀석은 자신만 안다고 여기는 문지돌을 얼떨결에 적절하게 나열해 만족스러운지 좋아 미치겠다는 표정이었다. 곧이어 녀석은 태도를 싹 바꾸어 김빠진다는 표정을 짓더니 단말의 망설임도 없이 냇물을 훌쩍 뛰어 건넜다. 그러고는 무릎을 짚은 채 숨을 고르더니 침을 뱉었다. 새끼 거미가 끝에 매달린 거미줄처럼 끊기지 않은 침을 오른 손날로 날렵하게 끊어냈다. 고개를 치켜든 녀석은 똥산이를 건너보며 마지막 침을 짜내듯 바락바락 소리를 질렀다.

"드럽게 독특한 체취 인내, 아니 감당, 아니지 감내하느라 증말(정말) 뒈지는, 아니다 졸도, 아 작고하시는 줄, 아아 뭐다냐 요절하시는 줄 알았나. 아이 씨발 거 그냥, 드럽게 지독한 냄새 참느라 증말 꼴딱 뒈지는 줄 알았다!"

측백나무 울타리에는 철조망이 쳐졌다. 그녀가 품고 다닌 아기 이불, 옷가지, 백일 기념사진이 어디서 흘러와 자리를 잡은 것처럼 웅덩이 물에 떠 있었다. 애들은 금세 흥미를 잃고 흩어졌다. 그녀는 울음을 삼키며 애지중지한 보물들을 보따리와 포대기에 수습해 담았다. 그녀는 한동안 냇둑에 서서 젖은 성경과 찬송가 책에서 물기를 털어냈다. 그녀가 참아온 말들이 점점 작아지는 물방울이 되어 성경과 찬송 책장에서 울먹임과 함께 털려 나오는 것 같았다. 언저리 옆으로 다가온 유란의 딸 꾹질 소리가 중간중간 울먹거림에 보태졌다.

미봉국민학교 앞 야산 공동묘지에 그녀가 웅크렸다. 그녀는 젖은 보물들을 늘어놓고 마르기를 기다렸다. 날이 저물도록 무릎을 곧추세운 그녀는 요지부동이었다. 허옇게 색 바랜 명감나무 열매만이 잠자코 그녀 곁을 지켰다.

# 미꾸라지 해부

 자연 시간에 미꾸라지 해부를 한다고 했다. 개구리 해부는 해봤어도 미꾸라지 해부는 처음이었다. 매운탕을 끓일 때 미꾸라지 배를 따고 내장을 훑어내기는 했었다. 양동이에 미꾸라지를 넣고 굵은소금을 뿌리면 금세 허옇게 까뒤집혔다. 미꾸라지는 내장이 얼마 되지 않았다. 불붙은 빵 봉지가 삽시간에 녹아내리듯 미꾸라지 입으로 들어간 먹이도 삽시간에 소화돼 똥으로 나오지 싶었다.
 실습실에서 미꾸라지 해부 시범을 보여준 담임은 육상부 코치였지만, 복어처럼 배가 불뚝 나와 혁대를 배 밑에 두르고 다녔다. 살집이 좋은 사람은 대개 낙천적인 성격의 소유자라고 말하는 셋째 고모 김술래 여사님의 말을 전적으로 신봉할 수는 없었지만, 그런 사람은 대부분 뒤끝이 없다는 말에는 어느 정도 수긍이 갔었다. 담임은 최소한 지난 일을 불러와 다시 심판대에 올리는 뒤끝 지저분한 어른 꼰대는 아녔나.
 여자애들은 미꾸라지가 징그럽다고 내숭을 떨었다. 미끄덩거리는 게 어지간히 징그러운 건 사실이었다. 아이들은 손아귀에서 빠져나간 미꾸라지를 잡느라 야단법석이었다. 누구도 자리를 지키고 앉아 해부에

집중할 수 없었다. 미꾸라지 해부 수업은 대실패로 돌아갔다.

나는 곰곰이 생각해 봤다. 담임은 미꾸라지 배를 따 꼭 양동이에 담으라고 수시로 지시했다. 내장을 책받침에 올려놓고, 이건 식도고, 위고, 창자고, 간이고, 쓸개고, 부레고, 여기서부터는 전부 똥줄인 거고, 설명을 덧붙였다. 양동이로 들어간 미꾸라지는 어디로 갈까. 결국은 담임 입으로 들어갈 게 뻔해 보였다. 담임은 비위가 약해 미꾸라지 배를 따지 않으면 못 먹는 게 분명했다. 쩝쩝쩝 법석을 떨면서 추어탕 그릇을 싹싹 비우는 배불뚝이 담임의 이마에 맺히는 땀방울이 어른거렸다.

수업 종료를 알리는 종이 울렸다. 남자애들은 축구공을 들고 운동장으로 몰려 나갔다. 여자애들도 몰려 나가 '달맞이' 노래를 부르며 고무줄을 뛰어넘었다.

나는 실습실로 돌아갔다. 배가 따진 미꾸라지들이 양은 양동이에서 거품을 모아 올렸다. 위 다랑논에서 아래 다랑논 웅덩이로 논물이 들어갈 때 일어나는 때 거품이었다. 때 거품을 분 나는 배가 따이지 않은 미꾸라지를 골라 웃옷 주머니에 넣었다.

지난겨울 아침에 일어난 사건이 떠올랐다. 암에 걸려 사경을 헤매는 부인의 간병을 위해 둘째 부인을 미리 들인 재진이 아버지는 만취해 귀가하다 얼어 죽었다. 사회과 부도 책에서 본 이집트 미라 같았다. 그이는 얼음을 밟고 얼마간 미끄럼을 탄 상태로 숨이 멎었다. 논둑 물꼬를 지나다 아래 다랑논 둑으로 떨어진 거였다. 우리나라 속담에 '술은 미치광이 되는 명약이다.'라고 하였다. 영혼까지 빼앗길 정도로 취한 그는 물꼬 밑으로 메어 꽂힌 꼴이 되고 말았다. 아침에 발견된 그이는 엄청 과하다 싶게 얼음 수염을 달고 없는 위엄을 과시하느라 어젯밤 자신이 얼어 죽은 줄도 몰랐다. 동네 사람들이 나서서 양동이에 끓인 물을 날라다 부었다. 그렇게 그이의 턱에서 과대한 얼음 수염을 녹여냈다.

국어 시간에 웃옷 주머니에 든 미꾸라지를 힐끔힐끔 보곤 했다. 옆자리 유란이도 주머니 밖으로 주둥이를 내미는 미꾸라지를 궁금해했다.

"기덕아, 한 마리만 꺼내봐봐."

내가 단호하게 잘라 말했다.

"안 돼."

유란은 끈질기게 내 인내를 시험하는 못된 심보를 가진 새끼 마녀의 부하였다.

"한 마리만. 응? 얼른 한 마리만 꺼내봐라."

유란은 어느새 다그치기 선수가 돼 있었다. 결국 나는 유란에게 미꾸라지를 건네는 수밖에 없었다.

"꼭 쥐고 있어야 한다. 알았지? 내 말 명심해."

몇 번이고 다짐을 받아내려고 했지만, 그녀는 그때마다 건성으로 고개를 끄덕였다. 내게서 미꾸라지를 받아 든 그녀는 주먹을 움켜쥐었다. 미꾸라지가 몸을 비틀어도 소용없었다. 그녀는 손아귀에서 몸을 뒤집는 미꾸라지 주둥이가 우스꽝스러운 모양이었다. 그래서 더는 웃음을 참아내지 못하는 지경에 이르렀다.

담임이 지휘봉을 들고 내게로 다가왔다. 담임은 꽃뱀 껍질을 벗겨내 덮어씌운 지휘봉을 들었다. 그는 꽃뱀 껍질 지휘봉을 내 볼에 대고 비벼댔다. 소름이 돋아 몸을 움찔거린 나는, 끝내 괴상망측한 소리를 지르고야 말았다.

"으흐흐 흐흐흑."

담임은 내 웃옷을 들치더니 배꼽을 향해 지휘봉을 쑥 밀어 넣었다.

"이놈 봐라. 너 혼자 널러(날아)가는 새 붕알을 훔쳐봤느냐. 왜 미친 데기 똥산이처럼 실실 쪼개면서 방정맞게 난리 블루스를 추는 거시냐."

꽃뱀 지휘봉을 꺼낸 담임은 이번엔 등을 휘저었다.

"다시 한번 웃다 들켰다간 봐라. 네놈 풋 꼬치랑 호두알만 한 붕알에도 꽃뱀 껍질 본 뜨일 때까지, 넌덜머리 나도록 비벼줄 테니 말이다!"

옆자리 유란도 배꼽이 빠지라 웃었다. 그녀는 웃느라 손아귀에 쥔 미꾸라지 간수를 소홀히 했다. 손아귀 힘이 느슨해진 틈을 타 미꾸라지가 빠져나가려고 주둥이를 들추었다. 빠져나가려는 미꾸라지를 잡으려다 급기야, 자리에서 벌떡 일어서고 말았다. 손아귀에서 빠져나온 미꾸라지가 목이 늘어난 유란이 웃옷 안으로 들어갔다. 그녀는 웃옷으로 들어간 미꾸라지가 징그러워 어쩔 줄 몰라 했다. 덩달아 놀란 나는 유란의 웃옷에 덥석 손을 집어넣고 뒤지기 시작했다. 어서 미꾸라지를 꺼내야 한다는 생각밖에는 하지 못했다.

그때 난데없이, 양쪽에서 유란의 손이 획획 날아들어 귀싸대기를 후려갈긴 것이었다. 미봉산 천문대 관측 사상 최대의 유성우가 쏟아졌다. 난데없이 대낮의 하늘에서 폭죽이 작렬했다. 나는 그 충격으로 책상 모서리에 뒤통수를 찧고는, 그대로 훌러덩 넘어지고 말았다.

담임이 살벌한 뱀눈을 뜨고, 다시 내게로 다가왔다. 그때야 나는 대형 사고를 친 것을 직감했다.

"너 이 새끼! 이 변태 새끼!"

나는 머리를 조아린 채, 어떤 처분도 달게 받겠다 자포자기한 상태였다.

"그 더러운 손모가지 어디 좀 보자. 왜 함부로 여자 친구 웃옷에 더러운 손을 집어넣고 더듬냔 말이다. 그것도 신성한 교육의 현장인 교실에서 말이다. 애들이 두 눈 땡그랗게 치켜뜨고 지켜보는 앞에서 말이다!"

담임의 기세에 눌린 나는 끝내 미꾸라지를 꺼내주려다 그리됐다는 변명을 하지 못했다. 미꾸라지를 가져온 걸 들키는 날엔, 손등이 너덜거리도록 꽃뱀 지휘봉으로 맞아야 할지도 몰랐다. 밖으로 불려 나간 나는 창턱에 두 발을 들어 걸치고 엎드려뻗쳐 자세로 국어 시간이 끝나기를 기다려야 했다. 내 행동은 왜, 한 치 앞도 예측하지 못할까. 이제 유란의 얼굴을 어떻게 본단 말인가. 새카맣게 죽은 피가 머리로 쏠려 눈앞이 점점 캄캄해지는 것 같았다. 조만간 이 자세로 죽을 수도 있겠다는 공포가 엄습해 왔다. 그런데도 얼굴만은 화끈거리는 것이었다.

다음 수업 시간에도 복도에 서서 손을 들어 올린 채 개나리 울타리를 보았다. 어깨가 끊겨 나갈 것만 같았다. 유란이 손아귀에 든 미꾸라지도 이런 상태가 아니었을까. 고통을 잊으려고 마룻바닥에 난 옹이구멍에 귀를 기울여 보았다. 낮잠 자는 괴물의 고른 숨소리가 들리고 묵은 먼지 냄새가 올라왔다. 그때 뜬금없이, 언젠가 책에서 읽은 영국 속담이 떠올랐다.

하늘이 무너져도 솟아날 구멍이 있다. 아니 '하늘이 무너지면 종달새를 잡자.'(영국 속담) 아, 그런데... 하늘은 순간순간 변해가는 것이잖아. 아이, 하늘 바닥은 그내보인데... 구름만 바뀌는 것인가. 빨랫방망이를 치켜들고 내 뒤를 바짝 쫓는 노기 충천한 유란 아버지, 이원만 사장님의 짓무른 딸기코가 점점 다가와 나를 덮쳤다. 나는 눈을 질끈 감고 숨쉬기를 멈췄다.

미꾸라지 해부 67

# 타조

오늘은 군 보건소 사람들이 나와 예방접종 하는 날이었다. 어제 담임이 종례 시간에 아이들에게 단단히 일렀다.

"내일 예방접종이 있으니, 오늘 집에 돌아가 목간(목욕) 단단히들 하고 와라. 팔뚝 어깨만 깨작깨작 씻지 말고, 온몸을 깨끗이 빡빡 문지르고 오라는 얘기다. 똥산이처럼 끔찍한 냄새 풍기며 쏘다니지 말고 이놈들. 다들 자알 알아들었겠찌이?"

"네에!"

담임은 세상에 어이없다는 투로 말했다.

"대답은 잘들 한단 말이지, 이놈들."

나는 예방접종 주사를 맞을 걱정에 자다 깨기를 반복했다. 피해 갈 방법을 찾았지만, 오래지 않아 막다른 골목에 몰리고 말았다. 아이들은 팔뚝에 기저귀 고무줄을 묶고 소독약을 바를 때 눈을 질끈 감았다. 따끔한 순간만 참으면 되는데, 그 순간까지 참아낼 수 없었다. 줄이 줄어들수록 겁이 나고 피해 갈 방법은 사라졌다. 드디어 내 차례가 되었다. 내 팔뚝에 소독약이 발렸다. 알코올램프에 주삿바늘이 소독됐다. 주삿바늘이 따끔하게 내 팔뚝을 쏘았다. 더는 공포와 대적할 수 없었다.

　질끈 감은 눈을 뜬 나는 교실 앞문으로 뛰었다. 책상에 차려진 주사약과 알코올램프, 소독약이 내 발길에 차여 쏟아졌다. 운동장을 가로질러 저수지까지 내달렸다. 주삿바늘이 그대로 팔뚝에 꽂힌 채였다. 측백나무 울타리까지 쫓아 나온 담임이 내게 소리쳤다.

　"너, 그(거)기, 스(서)지 못해!"

　나는 주삿바늘을 뽑을 줄 몰랐다. 어서 주삿바늘을 뽑지 않으면 큰일이 날 것 같았다.

　"네 이놈, 당장 주삿바늘 뽑지 않으면 감염돼 죽는다."

　담임이 한 말을 곧이곧대로 믿지는 않았다. 담임이 나를 잡으러 뛰지 않을 거라는 것도 이미 예상한 일이었다. 담임은 육상부 코치를 맡고 있었지만, 거구인 데다 이론에도 해박하지 못했다. 육상부원들을 줄 세워 운동장을 뺑뺑이 돌리는 게 훈련의 전부였다. 하지만, 그는 교무실 창문에 붙어 감시를 게을리하지는 않았다. 애들도 측백나무 울타리까지 따라 나와 구경하고 있었다.

　"야, 김기덱. 빨리 와. 자꾸 시간 끌면 너만 손해야."

　그때야 나는 고개를 숙이고 천천히 걸었다. 오늘은 내가 잘못한 게 틀림없었다. 측백나무 울타리까지 거의 다가갔을 때였다. 담임은 어느새 달리기 잘하는 애들을 대기시켜 놓았다.

　"저놈, 냉큼 잡아라!"

　승혁과 지호, 재웅이가 측백나무 울타리에 대기해 있다가는 개구멍을 들추고 뛰쳐나왔다. 나는 뒤돌아 내달렸다. 승혁과 지호, 재웅은 육상부원이었다. 나는 애들에게 따라잡힐 수 없었다. 담임의 꽃뱀 껍질을 씌운 지휘봉이 나를 가만두지 않을 것이다. 육상부원들과의 거리는 점점 좁혀졌다. 나는 이를 악물고 뛰었다. 벌집을 건드려 지금 벌 떼가 쫓아온다고 생각했다. 벌 떼가 뒤통수 바로 뒤에서 쫓아온다고 생각했다. 말벌 세 마리가 뒤통수에 바짝 붙어 쫓아왔다.

"너 그기 안 스냐! 그기 안 슬(설) 겨!"

나는, 그동안 내가 잡아먹은 멧비둘기를 생각했다. 멧비둘기는 너무 느리게 나는 새였지만, 급한 대로 멧비둘기가 되었다고 생각했다. 바짝 따라붙은 육상부원들 손이 내 어깨를 잡아채려는 순간이었다.

"안 서!"

나는 그때 꿩을 생각해 냈다. 후다닥 땅을 박차고 뛰어오르는 꿩을, 나는 열 마리 넘게 잡아먹었다. 콩을 파내고 속에 '싸이나'를 넣어 잡은 꿩은 맥을 못 추었다. 나는 좀 더 날랜 새로 돌변하려고 이를 악물었다. 하지만 참새와 까치밖에는 떠오르지 않았다. 나는 아이들에게 잡히기 일보 직전 상황이었다.

"증(정)말, 그기 안 스냐고!"

나는 절름발이 까치를 떠올렸다. 누군가 꿩과 비둘기를 잡아먹으려고 놓은 덫에 채여, 왼쪽 다리가 부러진 까치였다. 우리 동네에서 절름발이 까치를 잡아보지 못한 사람은 지팡이 짚고 나다니는 느림보 노인들뿐이었다. 무수히 날개로 땅바닥을 치면서 달려가는 절름발이 까치는 도움닫기를 조금만 더하면 날아오를 수 있을 듯 보였다. 그러나 절름발이 까치는, 저는 한쪽 다리 때문에 중심을 잡지 못한 채 번번이 개골창에 처박히고 말았다.

나는 내가 잡지 못한 새를 떠올렸다. 부엉이와 솔개와 독수리는 도망치지 않았다. 도망치는 놈 중에서 제일 날쌘 놈이 무얼까? 나는 그림책에서 본 타조가 되어보기로 했다. 최고 속력 육십 킬로미터로 내달리는데 너희들이 타조와 겨룰 수 있겠어?

"나는, 타조다! 나는, 타조다! 나는, 타조가 되었다!"

단거리 선수들은 지쳐서 기권하기 시작했다. 그래도 끝까지 따라온 애는 재웅이었다. 나는 내친김에 바닷가까지 내달았다. 마침 밀물 때라 해변 가까이 매 놓은 재광이네 뗀마(무동력 목선)가 바닷물에 떠 있었다. 콘크리트에 박힌 철근에 매인 동아줄을 푼 나는 뗀마로 뛰어올랐다. 닻에 매인 동아줄을 당겨 재웅이가 따라 들어올 수 없는 바다로 나간 나는, 바닥에 누워 누레진 하늘을 보았다. 바다로 들어와 목만 내놓고 씨부렁거리는 재웅의 목소리는 제대로 들리지 않았다. 내 팔뚝에 매달린 주삿바늘은 떨어져 나간 뒤였다.

단축 마라톤에서 기권한 육상부원들이 돌아갔다. 내가 왜 놈들에게 쫓겨 도망쳤는지 모를 일이었다. 내가 놈들보다 싸움을 잘하는데 왜… 놈들이 떼로 달려들어서? 놈들이 담임의 분신이라서? 충실한 사냥개라서? 닻을 들어 올리면 나는 어디로 떠내려갈까. 재광이가 노 젓는 법을 알려준다고 할 때 배워둘 걸 그랬나 싶었다. 타조는 시력이 20.0이라고 했다. 3킬로미터 떨어진 곳까지 훤히 볼 수 있다는 것이다. 가까운 곳의 바닷물을 보면 어지러운데 먼 곳의 바닷물을 볼 때면 누군가 부려놓은 금가루 빛이 따가웠다. 그렇지만 실제로 거기까지 가보면 벌물이 어지럽게 일렁일 뿐이었다. 내가 가면 어디나 보잘것없는 곳이 되고 만다. 썰물의 바다가 개펄에 뗀마를 내려놓을 때까지, 먼바다 윤슬을 바라보았다.

걱정된 나는 학교로 돌아가지 않을 수 없었다. 담임이 핑계를 대고 불시에 가정방문을 할지도 몰랐다. 담임은 없는 집구석에서 식사와 술 대접을 푸짐하게 받아먹고, 느지막이 기분 째지는 동네 건달처럼 혼자 사는 자취방으로 돌아갈 것이다. 어머니는 반밖에 안 남은 참기름병을 채워 보내려고 또 이웃집을 돌아다녀야 할 것이다. 그런 어머니의 모습을 다시는 보고 싶지 않았다.

마지막 수업이 끝나고 슬그머니 교실로 들어가 자리에 앉았다. 아이들 곁눈질이 내게로 쏠렸다. 담임은 꽃뱀 껍질을 씌운 지휘봉을 들고 종례를 하였다. 나를 지켜본 담임이 지휘봉 끝자락으로 교탁을 탁탁 내리치고는 입을 열었다.

"종례 마치고, 기덱이는 나 좀 보자."

일이 이렇게까지 커질 줄은 몰랐다. 다들 아무렇지도 않게 맞는 주사인데 나만 겁이 많은 걸 공표한 꼴이었다. 고개를 숙이고 자책하고 있는데 옆자리 유란이가 쪽지를 쥐여줬다. 담임은 편한 사람과 언제든 짝을 바꿔도 좋다고 했다. 불편한 사람과 잠시라도 같이 있는 건 지옥이라고 하였다. 애들은 서로 합의로 짝꿍이 되었다. 하지만 관계가 틀어지면 재깍 짝을 바꿔치기했다. 담임은 마음이 안 맞는 사람과 1초를 같이 있으면 괴로움은 1분으로 배가되는 거라고 하였다.

담임을 따라 교무실로 들어가면서 나는, 엉덩이와 종아리를 두들겨 맞을 각오를 단단히 해둔 상태였다. 그런데 예상외로 담임은 온화한 얼굴로 나를 바라보며 넌지시 말문을 열었다.

"기덱아, 너 육상부 들어와라. 너 오늘 뜀박질하는 걸 보니, 조금만 연습하면 장거리 선수로 제격이겠더라."

나는 담임이 짝사랑하는 나유미 선생님을 보고는 직감했다. 그녀 앞에서 담임이 얼마나 너그러워지는지 진즉 알았다. 담임한테 대들다 작살나게 얻어터지던 덕영이가 왜 나유미 선생님에게 달려가 매달렸는지. 나는 고개를 끄덕일 수밖에 없었다. 당장 매 맞지 않는 것만 해도 어디냐 싶었다.

"그래. 오늘은 일찍 가서 푹 쉬고, 내일부터 육상부 훈련에 나와라."

담임은 내 머리를 쓰다듬고도 모자랐는지 어깨와 등을 토닥거렸다. 그러고는 활짝 웃어주기까지 하였다.

"자, 오늘은 그만 가봐라. 나가기 전에 팔뚝에 묶인 고무줄은 꼭 풀어놓고 가거라."

얼른 기저귀 고무줄을 푼 나는 담임 책상에 공손히 올렸다. 그러고는 책상 모서리에 이마가 닿지 않을 만큼 허리를 굽혀 감사 인사를 하였다. 내 목소리는 속에서 공명을 일으켰을 뿐 밖으로 기어 나오지는 못했다.

## 전속 개그맨

 어리둥절한 상태로 교문을 나서려는데 불쑥 유란이 튀어나왔다. 그녀는 오른발로 힘껏 땅을 내리치는 동시에, 기합을 넣어 '얏!' 소리를 냈다. 뭔가 웃긴 얘기를 숨기고 있는지 싱글벙글하였다. 내 눈을 들여다본 그녀가 입을 열었다.
 "아까 내가 준 쪽지는 집에 가서 읽어봐라. 암튼, 꼭 나와 헤어진 다음에 읽어봐야 한다."
 그 말을 마친 그녀는 여전히 웃는 낯이었다. 내가 모르는 내 비밀, 그것도 그녀를 우스워죽게 만드는 비밀을 그녀가 먼저 알아버린 것은 아닐까 하는 괜한 걱정이 앞서 고속도로로 접어들었다.
 "아까 너 혼비백산 도망가는 걸 보고 배꼽이 빠지는 줄 알았잖아. 혹시 너 나 웃겨주려고 그렇게 줄행랑치면서도 애들 약 올린 거 맞는 거지? 바짝 따라붙은 아이들 바로 앞에서 네가 갑자기 주저앉았을 때, 아이들이 한꺼번에 뜀틀을 타고 넘어가듯이 앞으로 쭉 날아가 줄줄이 고꾸라졌잖아. 또 전봇대 앞에서 갑자기 방향을 틀었을 때 승혁이 걔가 전봇대를 팍 들이받고는 순간 기절했잖아. 그리고 또 돼지우리 옆 돼지똥 쌓아놓은 곳으로 아이들 줄줄이 달고 뛰더니 돼지똥 무더기 바로 앞에서 부웅 날아올라 너만 거기 간발의 차로 뛰어넘었잖아. 뒤따르던 지호와 재웅이, 승혁이가 차례로 돼지똥 무더기를 엄마야 끌어안았을 땐 정말 웃겨서 순식간에 뱃가죽이 등짝에 달라붙는 줄 알았다야. 너 오늘 나 웃겨주느라 수고 많았다."

　유란의 말에 다시 어리둥절한 상태가 되었다. 내가 정말 그랬었나 하는 의구심마저 들었다. 왜 아까 재웅이가 바닷물에 들어와 목만 내놓고 씨부렁거렸는지 비로소 이해되었다. 그 상황이 다시 펼쳐진다면 그렇게는 할 수 없겠단 생각이 들었다. 이럴 줄 알았으면 더 멋진 장면을 보여줘야 했다는 아쉬움이 남았다. 이를테면 집 안에 사나운 개를 풀어 기르는 덕현네 집으로 달려가서는 어른 중간 키 높이 담장을 훌쩍 뛰어넘는 것이었다. 뒤따라 담장을 넘어온 애들 앞에 끈적한 침으로 사악한 이빨을 닦아낸 개들이 한꺼번에 뛰쳐나와 날뛰게 될 것이었다. 나는 그때 사다리를 타고 감나무에 올라가 사다리를 차버리고, 그 광경을 지켜볼 수도 있었다. 하지만 돌발상황과 맞닥뜨린 애들도 잠깐 초능력을 발휘해 바로 돌아서 담장을 뛰어넘었을 확률이 높았다. 눈에서 먹물이 쏙 빠진 애들 얼굴을 보아야 했는데... 아쉽지 않다면 거짓말이 될 것이었다. 앞으로 애들 얼굴을 마주하면... 순식간에 피가 증발한 얼굴이 떠오를지도 모를 일이었다.

　실제로 덕현이 큰누나를 짝사랑하던 대학생 김은봉이 술김에 담을 넘었다. 설 전날 야심한 밤의 일이었다. 리어카를 골목길 담에 바짝 붙여 세운 그는, 리어카에 올라 담을 훌쩍 뛰어넘었다. 지저분한 코털을 단 남자가 지독한 술 냄새를 풍기며 마당을 침범하자 바로 맹견들의 공격이 시작되었다. 맹견들의 야광 눈깔과 이빨과 짖는 소리에 그의 몸에서는, 술기운이 싹 증발하고 말았다. 난봉꾼은 바로 돌아서 담을 뛰어넘을 수 있었다. 하지만, 세워둔 리어카 손잡이에 발이 걸린 그는 과수원 탱자나무 울타리에 나가떨어졌다. 용케도 눈깔만 안 찔린 은뱅이는 울 수도 웃을 수도 없었다.

유란이가 내 소매를 잡아 흔들었다. 또 엉뚱한 생각에 빠졌었다는 걸 알아차린 나는 멋쩍었다. 어느새 도끼눈이 된 유란이 내 어깻살을 꼬집어 비틀고는 물었다.

"너, 얼마 전, 내 몸 더듬었잖아. 그것도 교실에서 애들 다 보는 앞에서. 혹시 너 지금 그때 그 상황 떠올린 거니?"

화들짝 놀라 뒤로 물러난 나는 펄쩍 뛰면서 변명하기에 바빴다.

"결단코, 그땐, 그럴 생각이 아니었다니까. 그때 내가, 취할 수 있는 행동이... 그렇게밖에 나올 수 없었다니까. 왜 내가 사람 많은 데서 부러 그랬겠냐고. 내가 만약 너 쪽 주려고 그랬다면 내 손목을 자를게. 네가 원하는 건 모두 잘라버릴게."

캄캄한 갱도를 하염없이 더듬어나가는 침묵이 이어졌다. 바싹 말라 고사목이 되어가는 시간이었다.

"암튼, 네가 오늘 나를 웃겨줬으니 그 일은 퉁 치기로 해. 대신, 넌 오늘부로 내 전속 개그맨이 된 거다. 넌 오늘부터 나 웃겨줄 소재 발굴에 최선을 다하는 거다. 이제 알았냐?"

내 진심을 받아준 유란이 고마웠다. 감격에 겨워하는 내가 칠칠찮게 눈물까지 보이자, 유란이 한술 더 뜨고 나섰다.

"그렇게 좋아할 줄 알았으면 진작 말해줄 걸 그랬나. 너 이번 주부터 수요일과 토요일에 우리 집으로 와. 희순이랑 봉석이랑 미숙이랑 연영이랑 나 그렇게 다섯 명이 하는 '성경 읽기 모임'에 들란 말이야."

나는 갑자기 어안이 벙벙해졌다. 그래서 지독한 말더듬이에 내성적인 종명이가 내 속으로 겨들어 와 대신 말하는 줄로 알았다.

"야아야, 내내가, 어떠케에... 거어기에 끼이일 수 이있게엤어... ."

갑자기 말더듬이 흉내를 내 자기를 웃게 하려는 게 무척 귀여운 것인지 아니면 순진한 척 반전 연기를 하는 내 속이 다 들여다보이는 것인지 유란이 마지막 쐐기를 박아넣듯 언성을 높여 말했다.

"너 재남이랑 윤분이 지호, 또 누구더라. 어 키 크고 빼빼 마른 선옥인가랑 '국어사전 읽기 모임' 한다며? 그 애들 다 데려오면 받아줄게. 재남이 개차반 성격도 싹 다 개조해 줄 자신 있으니. 당장 내일부터 데려와라. 토요일 오후엔 미봉산 돌무지에 가서 모임 가질 거야. 그땐 똥산 아줌마도 참석하는 거다. 모임의 마무리는 옹달샘에서 촛불 켜놓고 기도하고, '작은 부흥회'를 여는 거야."

유란이 말을 마치기도 전에 나는 강펀치로 명치를 가격당한 비실이가 되었다. 대책이 안 서는 김재남까지 데려오라니. 더군다나 똥산 아줌마까지 모임의 일원이라니. 유란은 대체 왜 나에게 감당하지 못할 시련을 안기는 건가. 이건 누가 봐도 해도 해도 너무하는 처사가 아닌가. 아아 나는 타조는커녕 뉴캐슬병에 걸려 꾸벅꾸벅 졸기나 하는 닭장의 연로하신 집닭 신세로 전락한 기분이었다.

## 선택

무논에 꽂힌 한 자루 삽
흙을 가르고 서 있는 줄 모른다.
자신의 모습을 흙 속에
새기고 있는 줄 모른다.

흙으로 스며드는 논물
흙에 꽂힌 삽날의 깊이 만큼
삽의 모습을 알아채지 못한다.*

    아침부터 돌을 실은 덤프트럭 행렬이 신작로에 이어졌다. 미봉산 너머의 채석장에서 다이너마이트 폭발음이 들렸다. 돌과 흙으로 바다를 막아 논과 산업단지 부지를 만드는 간척사업이 시작된 것이다.
    발파작업을 알리는 경고 방송은 마파람(남풍)에 날려 웅얼웅얼 휩쓸려왔다. 이장이 어업계장을 데리고 집집을 돌아다녔다. 어서 도장 찍고 피해보상금 수령해 가라고 주민들을 선동했다. 버틸수록 손해라는 말에 현혹되어 도장을 찍는 사람이 늘어났고, 버티는 사람들은 친인척을 동원한 회유를 받아야 했다. 조합장 아저씨가 우리 집을 들락거렸

---

*시, 「삽」 전문

다. 아버지를 회유하기 위함이었다. 아저씨는 인근에서 유일하게 등록금만 내면 들어가는 서울의 대학물을 먹은 어른이었다. 농협의 조합장이 되기 전부터 간접선거로 대통령을 뽑는 국민회의의 미봉면美峰面 대의원이었고 그 집에는 대통령과 찍은 사진들이 벽에 걸려있었다.

선거가 있을 때마다 아버지는 자의 반 타의 반으로 선거운동에 동원되었다. 집안에 그런 사람이 하나쯤은 있어야 어려울 때 도움받을 수 있다고 위안을 삼았다. 간척한다고 바다가 아예 없어지는 것도 아니지 않느냐. 도장을 찍고 보상금을 타간 사람은 공장이 완공되면 자동으로 취직이 되지 않겠느냐. 통근 버스가 데리러 오고 데려다주니 서울서 큰 회사 다니는 거랑 진배없다 하였다.

물을 댄 논에 독새풀이 자라 물 위에 꽃대를 세웠다. 아버지는 봄부터 가을까지 농사를 짓고 또 가을부터 이른 봄까지 김 양식을 하였다. 어선을 부려 물고기를 잡지는 않았지만, 김 양식 낙지잡이 조개 굴 채취를 하는 건 아버지와 어머니의 부업거리였다.

논두렁에 삽을 세워둔 채 아버지는 논물의 물결을 바라보았다. 혼자서 아무리 궁리해도 답을 찾지 못할 때가 있는 법이었다. 지난가을 술 취해 돌아온 아버지가 할머니 산소에서 오모니를 부르며 흐느껴 우는 걸 지켜보았다. 아버지는 필터까지 타들어 간 담배꽁초를 오른 손가락에 끼우고 있었다.

엊저녁에 조합장 아저씨가 또 찾아왔었다. 아저씨는 건설사에서 협찬받은 포니 픽업 시동을 걸어놓고 아버지에게 재차 최후통첩했다.

"자네. 이번 방문이 마지막이니 잘 생각하고 속히 결정하게. 미적거리다 대어 놓치고 땅을 치고 후회하는 일 없도록 하게나."

아버지는 대답 대신 깍듯이 인사를 하였다. 아저씨의 픽업이 갈대밭

선택 79

부들밭 옆구리를 끼고 휘돌아 신작로에서 완전히 사라지고도, 아버지는 바깥마당에 답답한 벙어리처럼 서 있었다. 땅을 정리해 서울 올라가면 여기 땅의 삼 분의 일은 살 수 있다고 조르는 어머니 말을 번번이 흘려넘긴 아버지였다.

아버지는 결단코 어머니의 꾐에 넘어가지 않을 것이 분명했다. 그러므로 나는 아버지의 땅을 밟지 않으려고 빙빙 돌아 학교에서 돌아오는 일이 잦았다. 새로 차려진 밥상에 동생들과 둘러앉아 밥을 먹고 일기를 쓰고 이불을 펴고 누웠다. 괘종시계 소리가 막히는 숨을 초 단위로 터주는 느낌이었다. 일찍 자고 일찍 일어나도 할 일이 없는 건 마찬가지였다. 밤엔 다이너마이트가 터지지 않았지만, 꿈속에서는 경고방송 없이 수시로 폭발음이 들렸다. 꿈과 현실의 경계를 확인하고 다시 잠이 들었다.

어느새 아카시아 꽃이 만발했다. 읍내로 나가는 첫차에 올라탄 나는 덜렁거리는 차창에 이마를 대고는 눈을 감았다. 순두부 같은 아카시아 꽃송이가 얼굴을 스치고 지나갔다. 입을 살짝 벌리면 쌀가루에 아카시아 꽃을 버무려 시루에 쪄낸 아카시아 꽃 범벅을 넣어주던 할머니가 어디엔가 살아있을 것만 같았다. 할아버지와 할머니가 살아있을 것 같은 읍내로 나가는 버스에는 운전기사도 없었고, 뻥땅 잘 치게 생긴 차장 누나도 없었다. 버스는 해청 다리를 지나 달리고 나는 아버지의 새벽 줄담배 연기가 매워 눈을 떴다. 아버지는 바닥난 밑천으로 이참에 여길 뜨자는 어머니를 설득하느라 진땀을 뺐다.

"마음 같아선 나도 여길 뜨고 싶네만, 아버지 어머니 산소 놔두고 내가 어딜 간단 말인가. 애들 얼굴 당신 얼굴 볼 때면 염치없어지네만, 내가 세상에 어딜 갈 데가 있겠나. 철종이 형님 말이 아주 틀린 건 아니지만, 그리 결정하고 나면 내가 여기 남는 게 무슨 소용이겠는가. 바다는 내줘도 내 땅은 남는데 하는 마음에 흔들리는 걸 낸들 어떡하겠나. 애들 잘 키워내야 훗날 보람도 생기게 되지 않겠나. 징글맞게 흔들어대도 내는 중심을 잡고 살아가야지 않겠나."

 어머니는 잔뜩 토라져 듣는 둥 마는 둥 하였다. 안방과 윗방의 미닫이문 틀 위를 뚫어 두 방을 동시에 밝히는 막대형광등이 달려 있었다. 어머니는 또 무엇이 서럽고 속이 상한 것인지 돌아앉아 울먹였다. 아버지는 형광등 스위치를 올렸다. 그러고는 요강을 들고 여닫이 방문을 무릎으로 툭 쳐서 열었다. 이번이 땅을 정리하고 서울로 올라갈 마지막 기회라고, 어머니는 믿어 의심치 않는 눈치였다. 땅을 전부 사겠다는 작자가 나서기가 어디 쉬운 일이겠는가. 하지만 아버지는 땅을 팔기보다는 보상금을 조금이라도 더 울궈(알겨)내 농토를 넓힐 계획을 은밀히 세웠다.

고통과 눈물이 결국 우리를 더욱 성숙하게 만들고
생의 가치를 깨닫게 하는 귀한 경험이 되도록 인도해 주시옵소서

# 첫

 동네 사람들이 논에서 모내기하고 있었다. 일꾼을 사서 모내기하는 논 주인은 하루에 일을 마무리하려고 서둘렀다. 참을 먹는 시간도 아까워했다. 아카시아 꽃이 피어난 찻길에 삼륜차가 달려왔다. 먹고 나면 졸음이 쏟아지는 계절이었다. 아저씨들은 막걸리를 한 잔씩 걸치고 거머리 득실대는 논으로 들어갔다.
 미봉교美峯橋로 접어든 삼륜차가 감쪽같이 사라졌다. 운전수가 미봉교 밑에서 한참 만에 기어 올라왔다. 미봉교 아래로 삼륜차와 함께 떨어진 것이다. 그는 동네 사람들을 향해 손나팔을 만들어 애처롭게 소리를 질렀다.
 "차가 빠졌유, 어여들 와 보세유. 힘을 합쳐 차 좀 들어 올려줘유!"
 동네 사람들 누구도 운전수의 말을 귀담아듣지 않았다. 급한 것은 운전수나 동네 사람들이나 매한가지였다. 당장 속이 타들어 가는 건 운전수 쪽이었다. 미봉교 아래로 내려긴 그는 한참 동안 모습을 감추었다.
 운전수가 미봉교 위로 다시 기어 올라왔다. 그는 동네 사람들이 일하는 논으로 걸어오면서 양팔을 뻗어 수평을 잡았다.

"모내기하시느라 고생들이 많구먼유. 차가 다리 밑으로 떨어졌는데, 손목에 찼던 금시계를 잃어버렸지 뭐예유. 아무리 찾아봐도 못 찾겠더라구유. 귀신이 곡하다 나자빠질 노릇이쥬."

그는 시계를 찼던 흰 손목 부위를 손가락으로 가리키면서 말했다. 금시계를 잃어버렸다는 그의 말에 동네 사람들 눈빛이 달라졌다. 나대기 좋아하는 은정이 엄마가 잽싸게 끼어들었다.

"증말, 진짜 금시계 맞아유? 진짜 금시계 맞냐구유? 금빛으로 도금한 싸구려 가짜 아녔는감유?"

운전수는 안타까운 표정으로, 손사래까지 치면서 적극적으로 부인하고 나섰다.

"왜 내가 멀쩡한 대낮에 거짓말을 난발하겠는감유. 백 퍼센트 진품 금시계 맞다니께유. 스위스에서 들여왔다는 보증서까지 멀쩡히 있는데 뭔 말씀이래유. 찾는 사람이 갖는 거로 해유. 어차피 내는 진작에 금시계 포기했으니께유."

"증말, 찾고 나서 딴소리 안 할 거지유?"

"한 입 가지고 두말하면 아주 입을 꼬매버릴께유. 여러분, 빨랑빨랑 나오셔서 금시계 찾아보자구유."

사람들이 논에서 앞다퉈 나오고 못줄을 대던 주인만이 남아 속을 끓였다. 운전수는 거들먹거리며 뒤에 쳐져 걸었다. 어떻게들 알았는지 온 동네 사람이 미봉교 아래로 모여들었다. 사람들은 미봉교 아래 풀을 헤치고 진흙을 주물렀다. 운전수는 미봉교 위에 쭈그리고 앉아 담배를 피웠다.

"그쪽은 내가 다 찾아봤유. 차 밑바닥만 뒤져보지 못했응께 차 밑으로 들어간 게 분명해유. 모두 힘을 합쳐 차를 들어 올리고 금시계 찾아봐유."

　아저씨들은 각자 집으로 흩어져 지렛대로 쓸 만한 장대와 밧줄을 챙겨 돌아왔다. 운전수는 선글라스까지 끼고 감독 노릇을 톡톡히 해냈다. 사람들이 힘을 합쳐 내는

"너과, 너과... ."

소리에 맞춰 조금씩 들어 올린 끝에 삼륜차를 다리 위로 꺼낼 수 있었다. 운전수는 시동을 걸고 안심하는 눈치였다. 사람들은 다시 미봉교 아래로 몰려가 금시계를 찾았다. 금시계는 끝내 발견되지 않았다. 어른들이 속은 걸 알아차린 건 운전수가 삼륜차를 몰고 떠난 한참 뒤였다.

　어른들은 쌍욕을 한 바가지씩 내뱉고는 미봉교를 떠났다. 어른들이 떠난 자리를 아이들이 차지하고 어두워질 때까지 금시계에 대한 미련을 버리지 못했다. 어딘가에 금시계가 묻혀 있을 것이다. 금은 무거우니 진흙 깊숙이로 파고들었을 것이다.

　나는 삽으로 진흙을 퍼 둑으로 올리고는 주무르기를 반복했다. 이번 삽에는 분명 금시계가 올라올 것이다. 나는 금시계를 찾으면 무엇을 하겠다는 계획도 없으면서 미련을 버리지 못했다. 가늠되지 않는 금시계 무게를 대중해 보았다. 진흙 아래 바닥까지 내려간 금시계는 지하 수십 킬로미터 마그마 안으로 들어가 이미 녹았을지도 몰랐다. 금시계는 애초에 없었다. 그리 단념하고 허탈해진 나는, 어딘가에 분풀이라도 해야 직성이 풀릴 것 같았다. 과속하는 삼륜차가 다시 미봉교 밑으로 튕겨 떨어지도록 앞바퀴가 지나갈 자리에 큰 돌을 옮겨 놓았다. 플래시 불빛이 내 앞에 멈춰 섰다.

"기덕아, 너 여기서 뭣 해?"

유란이었다.

"너 설마, 지금까지 금시계 찾고 있었니?"

나는 순발력을 발휘해 둘러댔다.

"아니, 그게 아니라.... 근력 키우는 운동하고 있었지. 무거운 돌을 들어 나르면 다리 허리 어깨 팔 근력이 고루 키워진대서. 담임이 틈틈이 운동하라고 했거든."

"캄캄한 밤에 다리 위에서 운동하라고 했어? 너 솔직히, 지금껏 뭔 짓을 하고 있었던 거야? 왜, 다리 위에 큰 돌을 옮겨놓은 건데?"

"이거. 차가 다시 빠질까 봐 걱정돼 그런 거지. 천천히 달리라고 말이야. 이렇게 하면 운동도 되고 일거양득이잖아."

"정말 그런 거였어?"

"그럼. 내가 뭐 하러 너한테 거짓말하겠어. 그런데 넌 지금, 어딜 가냐? 오밤중인데 기도드리러 교회 가는 거야?"

나는 슬쩍 화제를 돌렸다.

"할머니 심부름 가는 길이야."

"심부름 간다고?"

"동생 몸이 불덩이라 약 사러 가는 길이야."

"그럼, 같이 갈까? 무섭지 않냐?"

"내가 무슨 애야? 어서 집에 가서 진지나 드시지."

유란은 군용 플래시로 바닥을 비추며 걸어갔다. 원을 그리다 지우고 다시 무슨 글인가를 쓰고는 지워나갔다. 그런 유란의 등에 대고 소리질렀다.

"정말 괜찮겠어? 공동묘지 밑에서 똥산이 마주쳐도 기절 안 할 자신 있어?"

유란은 걸음을 멈추더니, 얼굴에 플래시를 바짝 붙였다. 그러고는 획 돌아서 혀를 쭉 빼물고는, 긴 머리를 흔들며 눈을 치켜떴다.

나는 유란과 나란히 서서 옆 동네 약방까지 걸었다. 약방 주인은 해지면 문을 닫아걸었지만, 나는 일찍 잠든 노인 부부를 깨울 방법을 생각해 두었다.

"넌 여기서 기다리면 돼. 이따 내가 신호 보내면, '할아버지 여기요, 여기요.'를 목청껏 외치기만 하면 돼. 동네 개들 왈왈왈 짖게 만들어보라고."

약방 앞에 유란을 세워둔 나는 등나무 꽈진 줄기를 타고 올라 담을 뛰어넘었다. 담장 위에는 촘촘하게 박힌 병 쪼가리가 있었지만, 그따위 것쯤 내게는 장애물 축에도 끼지 못했다. 헛간으로 살금살금 다가간 나는 새끼줄 둘을 사려서 들고 안방 문으로 다가가 양쪽 문고리에 줄을 묶었다. 그런 다음, 담장을 넘어와 힘껏 당겨 방문을 활짝 열어젖혔다. 그러고는, 담장 밑에 버린 소형 양은솥단지를 냅다 마루로 집어 던졌다. 급작스럽게 방문이 벌컥 열리고 양은솥단지가 마룻바닥에 떨어져 나뒹구는 통에 간이 콩알만 해진 노인 부부는 부끄러운 줄도 모르고 서로를 부둥켜안고는 죽는소리를 내었다. 그때를 놓치지 않고 내가 목청껏 소리를 질렀다.

"도둑이야! 도둑 잡아라!"

유란에게 넘겨받은 군용 플래시로 주인 부부의 안방을 비추고는 철대문을 사정없이 내리치고, 걷어찼다.

"얼른 나와 보세요. 얼른 나와 보시라고요. 급해요. 급하다고요!"

얼이 빠진 주인 할아버지가 엉거주춤 마루로 나왔다. 그때를 놓치지 않고 유란은 약방 출입문을 두드리며 다급하게 소리를 질렀다.

"할아버지, 여기요! 어서 문 좀 열어보세요!"

그때를 놓치지 않은 나는 커튼이 쳐진 약방 출입문에 대고 플래시를 켜고 끄기를 반복하면서, 소리쳤다.

"약방에 도둑이 들었어요! 얼른 문 열어요!"

주인 할아버지는 고무줄이 헐거워진 파자마를 접어 올린 뒤 헛기침 하였다.

해열제를 사 들고 언덕을 넘어왔는데 유란은 불 켜진 예배당을 보고는 걸음을 멈추었다. 숨소리도 들리지 않던 유란의 입에서 나지막한 목소리가 새어 나왔다.

"너도, 저기, 같이 가볼래?"

나는 아직 마음의 준비가 덜 된 상태였다.

"지금?"

내 소매를 더듬어 꼭 집어 잡은 유란은 예배당으로 거침없이 이끌었다.

조미숙 무리에 이끌려 크리스마스 이브마다 이곳까지 왔었다. 집집을 돌면서 새벽 송을 부르곤 했었다. 개인적으로 가져간 광목 쌀자루에 웬만큼 선물이 모이기를 기다렸다. 나는 애들 모르게 선물을 꿍쳐 집으로 도망쳤다. 내가 꿍쳐 먹은 선물이 뭐였는지 생각조차 나지 않는데… 교회에 가면 내가 그동안 꿍쳐 먹은 크리스마스 선물을 토해내야 하는 건 아닐까? 지금이라도 바른대로 실토하면 한번은 넘어가 주지 않을까? 미리 유란이한테라도 실토했더라면, 유란이 대신 내 죄상을 빌어 어느 정도까지는 용서받아 놨을 텐데… 나는 열일곱 계단을 올라 예배당 앞에까지 와서도 안으로 들어가지 못했다. 머뭇거리는 나를 유란이 뒤에서 허리가 꺾일 정도로 냅다 예배당 안으로 밀어 넣었다.

# 그네

목사님께서 교회 앞뜰 느티나무에 그네를 맸다. 여자애들은 예배가 끝난 뒤에도 그네를 타기 위해 줄을 서서 기다렸다. 목사님의 중학생 아들 용준이 앞에서 은근슬쩍 자태를 뽐내기 위함이었다. 오늘은 꼭 그네에 올라 수평이 될 때까지 날아보는 게 여자애들의 한결같은 목표였다. 그녀들은 그네를 타고 하늘을 나는 짜릿한 순간 환호를 질렀다. 그 짧은 순간만이라도 용준의 마음속에 들어가고 싶은 모양이었다. 딱 한 개밖에 없는 그네를 타기 위해 애들은 무작정 기다렸다.

그네를 먼저 타겠다고 조금 더 타겠다고 대치하는 일까지 벌어졌다. 보다 못한 용준이가 나서서 너희들끼리 규칙을 정해 보라고 했다. 애들은 그네를 열 번 굴러 누가 멀리 가냐로 순번을 정하기로 했다. 가장 멀리까지 나는 사람이 그네 주인이 되는 거였다. 등수가 위인 애가 오면 아래인 애는 바로 자리를 내줘야 했다. 드디어 순화 차례가 되었다. 순화는 주위를 둘러보며

"얘들아, 내가 얼마나 멀리 나는지 잘 지켜봐라."

소리 높여 외치고는, 그네에 올라 힘껏 구르기 시작했다. 순화는 욕심이 많기로 소문난 별난 애였다. 순화가 그넷줄을 잡아 쥐고 무릎을 한

껏 굽혔다가는 앞으로 쭉 뻗었다. 그네가 네 번 왕복했을 뿐인데 순화는 이미 수평 높이에 이르렀다. 다섯 번째 도움닫기를 한 순화가 힘차게 날아올랐다. 나뭇가지에서 왼 그넷줄이 풀린 건 수평 근처에서였다. 순화는 얼떨결에 사냥꾼이 쏜 엽총 산탄에 맞은 새처럼 퍼덕거리며 바닥으로 추락했다. 순식간에 벌어진 일이었다.

"아아아."

애들은 순화가 바닥에 떨어지는 꼴을 똑똑히 지켜보았다. 미끄럼틀 뒤에서 딱지 따먹기에 여념이 없던 남자애들도 비명에 놀라 추락하는 새를 돌아볼 정도였다. 그네에서 미끄럼틀까지는 열 걸음이 될까 말까 한 거리였다. 잽싸게 풀린 그넷줄을 놓아버린 그녀는, 다행히 바로 밑으로 추락할 수 있었다. 미봉 교회 개최 '제1회 그네 멀리 타기 경기'에서 누구도 깨기 힘든 대기록을 세운 셈이었다.

월요일 아침이 되었다. 학교에 나타난 순화는 턱주가리에 마스크를 걸치고 있었다. 까진 턱을 마스크로 감쪽같이 가린 것이다. 여자애들이 그녀를 두고 쑥덕거렸다.

"순화는 주걱턱에 감기 걸렸나 봐. 그것도 한여름에 하하하."

"어제 봤지. 순화가 얼마나 멀리 날아앉는지. 하하하."

순화는 못 들은 척 애들 시선을 외면하였다.

"순화는 진짜 새야. 마음만 먹으면 태평양을 건너는 것쯤 식은 죽 먹기일 거야. 하하하."

건수만이 굳은 표정으로 앉아 있었다. 건수는 순화를 좋아하는 유일한 남자애였다. 건수가 망설인 끝에 벌떡 일어났다. 순화한테 성큼성큼 다가간 녀석이 손수건을 내밀고는 무거운 입을 열었다.

"이걸로 가리고 있으면 덜 이상할 거야."

건수는 평소엔 나서지 않는 성격이었다. 순화를 속으로만 좋아할 뿐, 그녀 앞에 나서는 일이 없었다. 순화는 녀석을 쨰려보았다. 순화 눈이 흰자위로 가득 채워졌다.

"네가 뭔데 이래라 저래라야. 당장 저리 꺼지지 못해!"

순화는 녀석의 손에 들린 손수건을 쳐냈다. 손수건은 교실 바닥에 떨어졌고 한참 동안 말이 없던 녀석이 마침내 입을 열었다.

"그러니까, 너는 턱에도 여름 감기 걸리지."

녀석의 말에 교실은 떠나갈 듯이 시끄러웠다. 녀석의 얼굴은 콘크리트처럼 굳어있었고 순화는 책상에 엎드려 흐느끼기 시작했다.

"순화야, 네가 그네 주인이니 목사님께 그네 고쳐 달래서 맘대로 타고 싶을 때 언제라도 타. 아아아."

애들의 웃음소리는 그치지 않았다. 그날 이후로 순화는 그네 근처에 얼씬하지 않았다.

"한 번만 타게 해 줘라. 딱 한 번만이라도 좋으니."

애들이 아무리 떠들어도 순화는 흰자위만 보여줄 뿐, 입을 열지 않았다.

"얘들아, 내가 얼마나 높이 나는지 잘 지켜봐라."

나는 풀이 죽은 순화 얼굴을 볼 때마다, 그날 순화 목소리가 되살아나 쓸쓸해졌다.

멀리 나는 것만이 능사가 아닐지도 몰랐다. 텃새는 적응하여 한곳에 머물러 사는 세고... 철새는 자신들에게 최적의 환경을 찾아 이동한다고 했다. 유식한 얼굴로 아버지가 들려준 얘기였다. 하굣길에 유란에게 뜬금없이 물어보았다.

"여자애들에게 (기생오라비) 용준이가 모두 철새면 어쩌지?"

내 물음이 어처구니가 없는지, 그 자리에 멈춰 선 유란이 바로 맞받아쳤다.

"물론 애들에겐 철새겠지만, 내게는 영원한 텃새 아니겠어. 우리는 삐까번쩍한 서울 텃새로 오래오래 행복하게 잘 살 거라고."

갑자기 열 받은 나는, 유란에게 광선을 날렸다. 그러고는 가소롭다는 투로 쏘아붙였다.

"과연 그렇게 될까? 넌 그 기생오라비한테 천만번 퇴짜 맞고 이 촌구석에서 평생을 혼자 외롭게 살게 될걸. 얼른 집에 가서 김칫국이나 마시는 게 어떠냐."

내 말에 발끈한 유란이 길길이 날뛰었다.

"내가 오늘 너 가만두나 봐라!"

유란은 쌍심지를 돋우고 내게 달려들었다.

"누님, 나는 타조라고요. 얼른 뛰어와 올라타 보시라고요."

나는 도망치면서, 그녀에게 약을 올렸다. 실제로 유란은, 나보다 한 살이 위였다. 그녀는 여덟 살에 나는 일곱 살에 입학했기 때문이다. 그녀가 그걸 알면 절대로 안 될 일이었다. 그동안 나이 얘기가 나올 때마다 뜨끔했다. 나는 옆 동네에서 지금 사는 집으로 이사를 왔다. 다섯 살 나던 봄의 일이었다. 그래서 내 나이를 정확히 아는 애가 없었다. 하지만 나는 나이가 탄로 날까 봐 살얼음판을 걸었다. 부모님과 동생들에게 수시로 입단속해 두었다.

유란은 한참 뒤에 쳐져 무릎을 짚고 숨차했다.

"누님, 얼른 올라 타요. 누님의 천리마가 되어 드릴게요"

기마자세를 취한 나는, 가랑이 사이로 그녀를 지켜보면서 소리쳤다.

# 비밀

'성경 읽기 모임'이 있는 수요일이었다. 모임 시간보다 30분이나 일찍 도착해 호두나무에 기대앉았다. 그러고는 유란이 선물한 성경을 펴 들었다. 그녀가 서울에 살 때 다닌 YWAM(예수전도단) 수료 기념으로 받은 성경책이랬다. 나는 오늘 돌아가면서 읽고 토론할 시편 39편을 읽었다. 라디오 사극에서 들어본 조선 시대 양반이 쓰는 말투와 한자어가 많아 몇 번을 읽어야 내용을 겨우 짐작할 수 있었다.

내 마음이 내 속에서 뜨거워서 작은 소리로 읊조릴 때에 불이 붙으니 나의 혀로 말하기를

정확히 무슨 의미인지는 모르겠으나 멋진 말인 것만은 확실해 보였다. 유란이 말해주었다. 세상에 한 마디로 정확히 이거라고 짚어 단정 지을 수 있는 게 어디 있겠냐고. 내가 서울에서 이곳으로 이사와 적응이 안 되어 얼마나 고생한 줄 아냐고. 지금도 적응이 안 되어 혼자라도 다시 서울로 돌아가고 싶다고. 하지만 천천히 적응하다 보면 안 보이던 것들이 하나씩 보이게 될 거라고. 단박에 친해질 수 있는 사이가 어디

있겠냐고. 성경도 마찬가지라고. 처음이라 낯설겠지만, 조금씩 익숙해지면 말씀들이 네 안에서 큰 울림을 만들어 너를 새롭게 태어나게 하는 원동력이 될 거라고. 익숙해져 편안해질 때까지 그냥 읽어봐. 그러다 보면 어느 순간 네 안에 그분의 음성이 큰 울림으로 전해질 거라고. 우리가 사용하는 말은 많은 의미를 함의하지 못해. 서로를 잘 아는 사람들은 말보다는 그때그때 주고받는 텔레파시로 많은 걸 주고받을 수 있는 거잖아. 성경 말씀을 읽다 보면 어느 순간 네게로 전해지는 울림 안에서 너는 기쁨의 충만을 경험할 거라고. 바깥마당으로 나온 유란은 눈을 비비면서 비틀거렸다. 아직 낮잠이 덜 깬 모양이었다. 유란에게 손을 들어 보였지만, 나를 못 보는지 일부러 외면하는지 어떤 반응도 보이지 않았다.

"이유란, 너 지금껏 낮잠 잤냐?"

내가 큰 소리로 말했지만, 유란은 묵은 목화솜으로 귓구멍을 틀어막았는지 아무런 대꾸도 없었다. 오늘은 학교에서 농촌 일손 돕기에 나갔었다. 오전 내내 땡볕에서 보리를 베고, 마늘을 캐고 돌아왔다. 그녀는 피곤해서 낮잠을 잔 모양이었다. 나를 본체만체 담 밑으로 가서 쭈그려 앉았다. 그런 다음 치맛자락을 올리고 오줌을 지르기 시작했다. 나는 그 자리에서 고개를 틀었다. 그녀와 나 사이의 거리는 채 십 미터도 안 되었다. 어디에 눈을 둬야 할지 몰라 허둥댔다. 아무렇지도 않게 치마를 내린 그녀는 눈을 비비며 집 안으로 들어갔다.

망측한 꿈을 꾼 것이 분명했다. 꿈속에서 본 것은 꿈을 깨면 긴가민가해지고 윤곽마저 흐릿해져서 봄눈 녹듯이 사라지기 마련이었다. 유란은 꿈속에서 오줌이 마려웠던 거고 나도 꿈속에서 유란이 오줌을 누는 것을 잠깐 지켜본 것이었다. 유란은 마루로 오르려다 팔이 꺾여 바닥에 턱을 찧고 말았다. 유란과 나는 그때야 눈을 마주쳤다.

담임은 아침 일찍 학교에 오는 다섯 명에게 청소 당번을 빼주었다. 다섯 명 안에 못 든 애들에겐 종례가 끝나고 늦게까지 청소를 시켰다. 애들은 다섯 명 안에 들려고 눈을 뜨자마자 책보를 챙겨 학교로 뜀박질했다.

봄 소풍을 갔다 온 날 초저녁이었다. 잠에서 깨어나니 날이 밝아오고 있었다. 책보를 싸 둘러메고 학교로 내달렸다. 날이 밝기 전에 학교에 가면 1등으로 도착할 것이었다. 교실 문을 열고 들어가 산수 숙제를 했다. 교실에는 전깃불이 켜지지 않았다. 캄캄한 교실 창문을 열어놓았다. 어찌 된 영문인지 점점 어두워졌다. 숙직실에 켜진 전깃불이 밝기를 더했다.

그때야 저녁을 새벽으로 착각한 걸 깨달은 나는 다시 책보를 싸 둘러멘 채 집으로 걸었다. 마지막까지 나머지 공부를 한 기분이었다. 공동묘지 귀퉁이에 상엿집이 보였다. 외면하려고 할수록 눈길이 갔다. 읍내에서 들어오는 막차가 언덕을 넘고 있었다. 허공에 배배 꼬인 짜투리(자투리) 비단실이 분사되었다.

언젠가 꿈속에서 배가 아파 마당에서 똥을 눈 일이 있었다. 피곤할 때 꿈을 꾸다 보면 꿈인지 생시인지 분간할 수 없었다. 배가 고파 부엌에 들어가 밥을 먹었는데 잠에서 깨어나면 다시 배가 고팠다. 분명히 오줌을 눴는데 잠에서 깨어나면 금방 오줌이 마려웠다. 꿈속에서 똥을 누는데 부모님과 동생이 나를 놀려댔다. 꿈속에서는 아무리 놀림을 당해도 깨어나면 아무렇지 않았다. 나를 놀려댄 부모님과 동생은 내가 잠이 깨면 모두 자고 있을 것이다. 내가 마당에서 똥을 눈 것을 짐작조차 못 할 것이다.

어머니가 밥 먹고 자라고 흔들어 깨웠다.

"기덱아, 넌 동생들 보기에 챙(창)피하지도 않냐."

뜬금없는 어머니의 말에 나는 어처구니가 없었다. 그래서 퉁명스럽게 몰아붙였다.

"내가 뭘 어쨌다고?"

또 발뺌한다고 여긴 어머니가 웃기지 말라는 표정으로 말했다.

"너는 나이가 몇 썩(석)인데 아작(아직), 사람들 다 보는 앞에서 똥을 싸지르는 것이냐?"

뭔가가 단단히 꼬이고 있었다. 나는 일단 잡아떼고 보는 수밖에 없었다.

"내가 언제, 그(거)기 똥을 눴다고 그려유?"

내가 다시 딱 잡아떼자, 어머니도 더는 물러서지 않았다.

"그럼 아까, 마당에서 똥 싼 게 똥개였냐? 똥개 새끼였냐? 똥산이도 똥 싸는 데는 정해졌는데... 넌 똥산이 따라가려면 한참이나 멀었다."

더는 대꾸할 말이 없었다. 그래서 나는 딴전을 피우고 있었다.

유란은 아직도, 꿈속 일과 꿈 밖 일을 분간 못 할 때가 있는 모양이었다. 꿈과 현실 사이에 벽이 생기면 그때부터 완전히 어른이 되는 거라고 했다. 고정관념이 수많은 벽을 만들어 방을 들이면 모든 걸 혼자 해결해야 하는 외로운 인간이 되는 거라고 했다. 얼마 전에 적가실 마을로 시집간 이모가 끼고 산 너덜거리는 국어사전을 읽다 말고, 내 눈을 들여다보며 중얼거린 말이었다.

# 보창

 비료 부대를 뒤집어쓰고 집에 돌아가는 길이었다. 종일 세찬 폭풍우가 퍼부었다. 빗물에 잠긴 길은 경계를 분간하기 어려웠다. 물이 종아리까지 차올랐다. 물은 불어나 어디 한군데 건너기 만만한 곳이 없었다. 휩쓸려 내리는 물굽이에 잔뜩 겁먹은 나는 한풀 기가 꺾였다. 매일 건너다니던 다리까지 냇물 아래 잠겨 위치 가늠이 안 되었다. 마냥 비가 그치기를 기다리는 수만은 없었다. 망설인 끝에 굽이치는 냇물에 발을 들여놓았다. 순식간에 허리까지 물이 차올랐다. 물살은 내 몸을 밀어붙였다. 냇물 아래에는 '보창'이라 불리는 커다란 물웅덩이가 있었다.

 아무리 가물어도 바닥을 보여주지 않는 큼직한 웅덩이였다. 시퍼런 보창이 내 머릿속에 자리 잡았다. 흙탕물이 곤두박질쳐 보창의 아가리로 빨려들었다. 반의반 뼘씩 바닥을 더듬어 냇물을 건너는 수밖에 없었다.

 서울 고모(김술래) 집에 갔을 때, 나랑 나이 차 많이 나는 형이 자랑한 전축 스피커가 떠올랐다. 그 형은 고등학생 때 외갓집에 올 때면 의사 가운을 가져왔다. 그걸 걸치고는 앉은뱅이책상 앞에 앉아 점드락

(저물도록) 공부했다. 그의 장래 희망은 고모의 소원이기도 했다. 그는 퇴근해 서재에서 음악 감상을 하면서도 의사 가운을 걸쳤다. 그래야 수술 집도할 때처럼 집중이 잘 된다는 것이었다. 하여튼 그는 언제나 의사가 된 자신이 자랑스러워 어찌할 바를 모르는 사람이었다. 전축의 볼륨을 최대로 올리면 집 근처의 유리창이 남아나지 않는다고 너스레를 떨었다. 볼륨을 최대치로 끌어올린 베토벤 운명 교향곡이 내 몸을 붙들어 결박했다. 엄청난 냇물 소리에 간이 졸아붙어 더는 앞으로 나갈 수 없게 되었다.

한동안 넓적한 돌을 밟고 버텼는데 물이끼가 끼어 미끈거렸다. 냇물의 발원지 미봉산까지 에둘러 가지 않은 게 후회되었다. 오도 가도 못할 상황에 빠진 것이었다. 한 치 앞도 가늠할 수 없게 되었다. 미끄러운 돌에 올려진 한쪽 발 때문에 중심을 잃고 물살에 떠밀려 순식간에 보창 안으로 휩쓸렸다.

내 몸은 무거운 납덩이에 끌린 낚시찌처럼 보창 바닥으로 빨려들었다. 그런 다음 위로 솟구쳐 올랐다. 밑으로 세 번 빨려들면 영영 살아나가지 못한다는 말이 떠올랐다. 내 손에 잡힌 것은 미끄러운 물풀 몇 가닥이었다. 그때 나는 보창으로 쓰러진 아카시아를 보았다. 아카시아 가시는 문제가 되지 않았다. 손을 쭉 뻗어 아카시아 가지를 단단히 잡아당겼다. 보창 기슭에 간신히 붙어있던 아카시아는 뿌리째 뽑혀 끌려왔다. 그러고는 물살에 휘둘려 순식간에 떠내려갔다. 그때야 나는 수영 실력을 발휘할 수 있었다. 초능력을 발휘해 물살을 가르고 기슭으로 나아갔다. 기슭에 자란 밀사초 머리끄덩이를 잡아 쥐고 가까스로 웅덩이를 벗어날 수 있었다. 불어나는 냇물과 들판을 범람해 몰려드는 빗물을 받아내느라 보창은 갈수록 수위가 높아졌다.

죽다 살아난 나는 끊긴 밀사초 머리끄덩이를 한 움큼 쥐었다. 애들 틈에 유란이가 보였다. 굵은 빗줄기가 앞을 가로막았다. 애들은 냇물을 건널 엄두를 내지 못했다. 평소 같으면 기껏해야 2미터가 될까 말까 한 냇물의 폭은 10미터 이상 불어났다. 애들은 굽이쳐 내리는 냇물 앞에서 기가 죽었다. 나는 후닥닥 집으로 달렸다. 기계로 꼰 새끼줄과 장대와 낫을 가져올 참이었다. 냇물 양쪽 호떼기나무(버드나무)에 새끼줄을 묶어 유란을 안전하게 건너게 할 작정이었다. 물살이 센 곳은 기껏해야 3, 4미터 정도밖에 안 되었다. 그 구간만 단단히 줄을 잡고 건너면 별 탈이 없었다.

아이들은 서로 먼저 건너라고 떠밀었다. 앞에 나선 것은 역시나 이유란이었다. 그녀는 눈 한번 끔벅하지 않고 냇물을 건너왔다. 나는 유란이가 건너오면 줄을 자를 속셈이었다. 하지만 낫을 들고도 바로 줄을 잘라내지 못했다. 내가 머뭇거리는 사이, 아이들도 용기를 내어 냇물을 건넜다. 고맙다는 말 한마디 없이 유란은 곧장 집으로 뛰었다.

바깥마당 쪽마루에 앉아 들판을 바라보았다. 범람한 냇물 위로 미루나무가 줄지어 서 있었다. 강풍을 동반한 폭우가 미루나무 이파리를 두들겨 팼다. 허공에서 속이 비치는 거인의 옷자락이 휘갈겼다. 몸에 찰싹 달라붙은 옷을 입고 어딘가로 하염없이 걸어가는 유란의 모습이 겹쳐 보였다. 얼마 지나지 않아 그녀는 유체 이탈해 단독자가 되었다. 미루나무는 허공의 안 보이는 돌덩이를 쓸어내리려고 힘깨나 쓰는 거인의 손에 들린 기다란 빗자루와 닮은꼴이었다. 잔뜩 휘어진 미루나무 자잘한 이파리가 자지러지는 소리를 내었다. 유란은 양쪽 손등으로 빗물과 눈물을 연방 훔쳐내었다. 새엄마의 분풀이 대상이 된 유란의 서러운 울음소리가 비바람에 쓸렸다. 다시 비료 부대 우비를 뒤집어쓴 나는 보창으로 향하는 유란을 말리러 뛰었다. 또다시 몹쓸 생각에 혼자 갇혀 저지른 환상 속 내 행동거지였다.

집으로 뛰어온 나는 젖은 책보를 풀어놓았다. 책과 공책과 필통까지 흠빡(흠뻑) 젖은 상태였다. 부엌에 들어가 아궁이 삭정이에 불을 붙였다. 그런 다음 책과 공책을 양손에 펴 들고 물기를 털었다. 얼마 전 유란이 건넨 쪽지가 바닥에 떨어졌다. 책과 공책, 유란이 건넨 쪽지마저 제아무리 잘 털어 말려도, 얼마간 부풀고 얼룩져 그것들을 볼 때마다 돌이킬 수 없는 기억으로 떠오를 것이다. 유란은 무인도에 가고 싶다고 쪽지에 썼다. 아무 무인도라도 좋으니, 나더러 거기로 배 태워 데려가 달라고 했다. 아는 사람은 물론 사람 자체가 없으니, 외로움은 있을지언정 사람한테 받는 상처와 아픔은 없지 않을까. 하지만 외로움과 아픔은 가까운 친척뻘이고, 그래서 한통속이지 않을까. 그렇다면 어디에 있든 어딜 가든, 영원히 무인도를 벗어나지 못하는 게 아닐까. 아픈 마음을 혼자서 감당하는 유란이 안쓰러웠다. 나는 누가 보지 싶어 부엌 문을 걸어 잠근 채 유란을 위해 기도를 드렸다.

사랑하는 우리의 하나님, 유란이의 마음이 몹시 지치고 아파 우는 일밖에 할 수 없습니다. 지금 이 시간부터, 하나님의 위로와 평화가 절대 필요합니다. 유란이의 영혼을 사랑의 손길로 따듯하게 안아 감싸주소서. 마음이 아픈 자를 위로해주시는 주님의 도움을 간절히 기다립니다. 간절히, 간절히, 두 손 모아 기도드리옵니다. 예수님 이름으로 기도드립니다. 아멘.

몸이 아플 때도 누가 나서서 대신 아파줄 수 없는데, 아픔을 덜어내 나누어가질 수 없는데... 하물며 유란은 지금 몸과 마음이 무너져 아픈 것이다.

## 토마토

 붉은 토마토가 속살을 내비치고 있었다. 농로 옆 밭을 지날 때마다 토마토 아린 냄새가 풍겨왔다. '토마토가 빨갛게 익으면 의사 얼굴이 파래진다.'라는 유럽 어느 나라 속담을 들어본 사람처럼, 토마토밭 주인 영감은 밤나무 기둥 둘을 세우더니 경고문 팻말에 대못을 처박아 걸었다.

 農薬撒き. こっそり食べて死んでも責任を負わない. 地主ソン·チャンギル作成.
 (농약 뿌려 놔씀. 몰레 따머꼬 주거도 체김 앉짐. 지주 송창길이 작썽.)

 나는 갑자기 송곳으로 찔리는 듯한 명치께를 움켜쥐고 걸었다. 길가에 토마토밭이 있어 손만 뻗으면 슬쩍할 수가 있었다. 주인 영감은 의사도 아닌 것이 똥줄이 타 얼굴이 파래졌을 것이다. 어떻게 하면 토마토에 손을 못 대게 하나? 궁리에 궁리를 더한 묘안이 고작 팻말을 걸어두는 거였다. 하지만 팻말은 논밭에 세워 놓은 허수아비와 다른 게 없었다. 그걸 곧이곧대로 믿는 멍텅구리는 없었다. 농약을 뿌려도 비가 내리면 씻겨 내려갔다. 부글거리던 영감의 화는 정수리를 뚫고 분출하기에 이르렀다. 번번이 자신이 무시당한다는 사실에 치를 떨던 차였다. 그는 결국 극약 처방을 내리는 수밖에 없었을 것이다. 그 첫 번째 희생양이 하필 내가 된 거였다.

나는 토마토를 얇게 썰어 흰 설탕을 뿌려 먹는 걸 즐겼다. 여름인데도 주머니가 많고 깊은 아버지의 겨울 점퍼를 꺼내입고 토마토밭을 따라 달리기 연습하러 나갔다. 주인 영감이 토마토밭 어딘가에 숨어 있다가 불쑥 튀어나올 것만 같아 한 주먹 잔돌을 집어 엽총의 산탄처럼 발사했다. 몇 번이나 토마토밭을 왕복한 다음에야 부들거리는 손을 집어넣을 수 있었다. 나는 안전하지 않으면 절대로 실행에 옮기지 못하는 소심한 완벽주의자였다.

내 주먹만 한 토마토를 따 단숨에 베어 물었다. 즉석에서 따 먹는 토마토야말로 지상 최고의 별미였다. 입가에 흘러나온 즙을 쓱쓱 문지르고 베어먹는 토마토는 어엿한 부잣집 외동아들이 된 착각에 빠지게 해 주었다.

유란은, 자기를 볼 때마다 내 얼굴이 새빨개진다며 '토마토'라고 불렀다.

"야, 토마토. 내가 그렇게도 좋아?"

나는 정말 어디다 얼굴을 둬야 할지 몰랐지만, 유란도 나를 좋아하는지 슬쩍 떠보고 싶었다.

"너도 나 좋아하는 거 아니었어?"

그녀 얼굴도 익어 터지기 직전의 토마토가 되었다. 돌아선 그녀가 뛰어가면서 하는 말이 들렸다.

"너 그거 어떻게 알았어."

토마토밭 주인 영감은 일제강점기 때 대지주이면서 금광과 염진까지 갖고 있는 일본 사람 집에 빌붙어 살았다. 못된 짓만 골라서 하고 산 영감은 해방이 되자 일본 사람이 남기고 간 전 재산을 꿀꺽했다. 그런 영감이 토마토 몇 개 가지고 벌벌 떨다니 그 꼬락서니가 기가 찼다.

    영감은 토마토에 가루농약을 쳐놓았다. 집에 돌아온 나는 부엌에 들어가 바가지에 토마토를 담았다. 바가지에 물을 붓자 약간 노란 분말이 떠올랐다. 그때야 덜컥 겁이 났다. 노인이 가루농약을 쳐놓은 것이 사실이었다. 나는 토마토 다섯 개를 씻지도 않고 해치운 뒤였다. 처음엔 배가 살살 아프더니 얼마 지나지 않아 입에서 거품이 나오는 것 같고 숨도 쉬기 힘들었다.

    어머니는 얘가 뭘 잘못 먹었나? 뭘 먹고 급체했나? 반짇고리를 들고 와 머릿기름에 바늘을 쓱쓱 긁어 소독했다. 나는 죽는 한이 있어도 말할 수 없었다. 토마토를 서리해 먹었다고 순순히 실토할 수는 없었다. 그러나 어머니는 금방 알아차렸다. 바가지에 담긴 토마토와 물에 뜬 분말을 보고, 내가 가루농약을 얼마간 먹은 걸 바로 알아차렸다.

    "잘한다. 잘하는 짓이다."

    어머니는 진득하니 자리를 지키지 못하는 큰아들을 원망했다. 어머니는 택시를 부르기 위해 마을 공용 전화가 있는 회관으로 뛰었다. 어머니 눈에 번지는 눈물을 보면서 나는 겨우 숨 쉴 수 있었다. 그동안 어떻게 쉽게 숨을 쉬었는지 알 수 없었다. 택시를 부르러 간 어머니는, 언저리 소금물을 타 와서는 숟가락으로 떠먹여 주었다.

    "조금만 참아라. 금방 택시 온다. 잠들면 안 된다. 잠들면 잘못된다."

    나는 그때 처음 알았다. 잠시라도 자신을 이기기가 얼마나 어려운 일인지를. 참고 참아야 간신히 순간만을 버틸 수 있다는 것을. 입안으로 토마토즙이 차올랐다. 속이 까뒤집혔다. 한 번이라도 나를 이기기가 결코 쉬운 일이 아니었다. 어머니가 등을 두드렸다. 나는 내 입안에 손가락을 집어넣고 고주망태로 취해 돌아온 아버지처럼 요강에 대고 토했다. 택시가 마당에 도착했다. 처음으로 집 안팎에 불이 환히 켜졌다.

택시는 신작로 밖으로 자갈을 튕겨냈다. 바퀴의 탱탱한 공기압 때문에 쉼 없이 튕겨 올랐다. 불안한 택시는 도립병원 응급실로 내달렸다. 차창에 맺힌 빗방울들이 똥글똥글해졌다. 나는 눈물을 훔쳐낼 수조차 없었다. 차창 밖에 맺힌 빗방울이 닦아낼 수 없는 내 눈물로 보였다. 내 의지대로 어떻게든 해볼 수 있는 게 없어졌다. 어머니 무릎이 따뜻해서, 통증이 잠시 물러가서, 깜박 졸음이 쏟아졌다. 이대로 잠들면 죽음의 문턱을 넘는 것이고, 끝내는 금광의 갱坑보다 더 어둡고 깊은 속으로 떨어질 것이었다. 그곳은 온통 암흑천지일 것이니, 손을 벌린 채 하염없이 허공을 더듬는 소경처럼, 지팡이를 짚고 돌아다녀야 할 것이었다.

도립병원에 도착해 응급실로 직행했다. 그곳에서 위를 세척했다. 의사가 잠들면 죽는다고 겁을 주었다. 잠 못 자게 하는 주사를 맞고 밤을 새웠다. 홧김에 농약을 마시고 실려 온 아줌마가 옆 침대에 묶여 밤새 거품을 물고 발악했다. 점심 무렵이었다. 귀를 틀어막고 엎드려 있는데 어렴풋이, 유란의 목소리가 들려왔다. 그녀 목소리는 안개 자욱한 미봉산 상수리 숲길에서 걸어 나오는 사람의 혼잣소리처럼 정확히 들리지는 않았다. 어떻게 된 영문인지 몰라 눈을 감은 채로 손을 저었다. 작고 부드러운 손에 들린 두툼한 책이 느껴졌다. 지금 무슨 꿈을 꾸고 있나 싶었다. 그래서 눈을 비벼 떠보았다. 유란과 희순, 봉석, 미숙, 연영, 재남, 지호, 윤분, 선옥, '성경 읽기 모임' 녀석들이 병문안을 와 있었다.

　…고통과 눈물이 결국 우리를 더욱 성숙하게 만들고, 생의 가치를 깨닫게 하는 귀한 경험이 되도록 인도해 주시옵소서. 주님께서 주시는 새 힘으로 다시 일어날 수 있게 하옵소서. 아멘.

　녀석들은 내가 눈을 뜨자 어떻게 외운 것인지 기도문을 단체 호흡에 맞춰 매끄럽게 암송했다. 모두가 엄숙한 표정으로 기도문을 암송할 때, 나는 웃음을 참느라 힘들었다. 두 손으로 얼굴을 가린 나는 웃는 소리가 새어 나가지 않도록, 배에 왕자㕨가 잡히게 힘을 세게 주었다. 어떻게 개똥상놈 김재남까지 기도문을 외웠을까. 대체 내가 모르는 유란의 능력은 어디까지일까. 한결 부드러워진 녀석의 얼굴을 톺아보고는, 다시 한번 놀라 나가떨어지지 않을 수 없었다.

## 오이풀

　유란이 웃으면, 양 볼에 보조개 물방울이 패여 원이 퍼져 나갔다. 그런 보조개를 보기 위해 그녀가 웃기만을 고대했다. 일요일 점심 무렵 교회에서 돌아오는 유란은 나 혼자 지키는 원두막을 지나쳤다. 라디오 볼륨을 최대로 높이고 그녀가 내 쪽으로 눈길을 주기를 기대했다. 하지만 그녀는 끝내 나를 외면한 채 종종걸음을 걸었다. 늘 자존심이 상하는 건 내 쪽이었다. 그렇지만, 그녀를 불러 세우지 않으면 곧 후회하게 될 것이었다.
　"이유란, 교회 갔다 오냐?"
　부러 큰 소리로 말했는데도, 그녀는 외면한 채 대꾸하지 않았다.
　"야, 너 어저께 전교 1등 김현주랑 붙었다며? 네가 대판 깨졌다고 그러던데?"
　그때야 유란은, 획 돌아서 사팔눈에 힘을 실었다.
　"넌, 내가 그깟 말라깽이 계집애한테 얻어터졌는데 지금껏, 멀쩡히 살아있을 것 같아!"
　드디어 낚싯바늘에 걸려든 유란을, 나는 낚아채기만 하면 되었다.
　"애들이 그러던데. 네가 김현주 괴롭히다 부메랑 맞았다고."

"누가 그딴 소릴 나불거리고 다녀! 그게 대체 누구야!"
"애들이 그러던데. 너만 비겼다고 생각하는 거 아냐?"
 그녀 눈동자에 강렬한 햇살이 들어찼다. 유란은 핏발선 눈을 치켜뜨고 원두막으로 성큼성큼 다가왔다.
"네가 당한 걸 왜 나한테 화풀이냐!"
"지금 화 안 나게 생겼어! 그게 누구야. 빨리 대지 못해!"
 유란은 잔뜩 독이 오른 늦가을 독사였다.
"너는 교회 가서 독을 채워 오냐."
 유란의 눈에서는 금방이라도 눈물이 맺혀 떨어질 것만 같았다.
"너, 나한테 왜 이래? 나한테만 왜 이러냐고!"
 유란은 원두막 아래 양은 양동이를 있는 힘껏 걷어차 날려버렸다. 가죽인 줄로만 알았던 그녀의 유광 구두 콧살이 허옇게 뜯겨나갔다. 찐 고구마를 급히 먹은 것처럼 목이 막히고 가슴이 결렸다.
"미안하다. 내가 잘못했다. 그만 화 풀고 이리 앉아라."
 눈물이 맺힌 눈을 추켜올린 유란이 말했다.
"병 주고 약 주고 다 하네."
 나는 얼른 유란이 앞에 시식용 수박 반쪽을 내밀었다.
"내가 그딴 거 먹을 줄 알아! 내가 네 눈에도 그렇게 같잖아 보이니?"
 더는 부채질할 말이 없었다. 그런 나는 입을 꾹 다물고, 어떤 마귀와 대적해 싸우는 유란을 지켜보았다. 목사님께서 설교 중간에 한 말이 떠올랐다.
'마귀와 혼자 대적해 싸울 때도, 너희는 마귀와 같이 되는 걸 경계하라.'
 요즘 들어 유란의 말수가 부쩍 줄었다. 말이 줄어든 만큼 신경이 곤

두선 느낌이었다. 유란을 낳은 엄마는 유란이 아홉 살 때 돌아가셨다. 얼마 전에 들어온 새엄마는 유란이 아버지가 사업차 다니던 단골 술집의 새끼 마담이었다. 아무래도 그녀와는 닮은 구석을 집어낼 수 없었다. 유란은 이틀 동안 아프다는 핑계를 대고 조퇴했다. 그녀는 애들이 수군거리기만 해도 자기 험담하는 줄로 알고 난데없이 성질을 부렸다.
"유란아, 정말 미안하다. 내가 사과할게."
유란 앞에서 나는 열나게 손바닥까지 비볐다. 다문 입이 조금씩 김치만두 주둥이처럼 오므라드는가 싶더니, 눈가에 맺힌 눈물이 떨어졌다. 그녀는 급기야 어깨까지 들썩이며 서럽게 울기 시작했다. 나는 어찌할 바를 몰라 안절부절못했다.
"다신 그러지 않을게. 이번 한 번만 봐줘라."
유란은 울음을 그치지 않았다. 더는 유란을 다독거릴 말 밑천이 남지 않은 나는 감나무 앞으로 걸었다. 재작년 봄에 아버지가 접붙인 감나무였다. 작은 키 감나무에 접시 감 세 개가 열렸다. 매미가 붙어 울다 오줌을 찍 깔기고는 날아갔다. 누군가 봐주는 사람이 있으면 울음은 단거리 달리기로 끝나지 않는다. 유란은 눈을 비비고 다시 울기를 반복했다. '너 정말, 김현주한테 얻어터졌어? 그래서 아직 분이 안 풀린 거야?' 유란에게 돌아서 냅다 쏘아붙이고 싶었지만, 억지로 참는 수밖에 없었다. 안 그랬다간 다시 원점으로 돌아가 더 어려운 길로 빙빙 돌아와야 할 판이었다. 사마귀 한 마리가 억새에 붙어있었다. 3학년 때 담임이 들려준 말이 생각났다. 담임은 숙제는 꼭 해놓고 놀라고 신신당부했다. 들판을 정신없이 뛰어다니다 뱀에게 물리거나 벌과 벌레에게 쏘이거나 할까 봐 수시로 주의를 주었다. 사마귀 오줌이 눈에 들어가면 눈이 먼다고도 하였다. 정말 눈이 머는지 확인해 볼 수는 없었지만, 멍석을 말아 쌓아둔 헛간에서 활을 갖고 장난치다 한쪽 눈이 먼 애가 있었다. 눈이 먼다는 말이 떨어지자마자 그 애가 멀쩡한 눈을 가리는 것을 보았다. 사마귀를 잡아든 나는 슬금슬금 유란에게로 다가갔다.

"유란아, 네가 계속 울면 사마귀가 눈에 오줌을 깔길지도 몰라. 사마귀 오줌이 눈에 들어가면 눈이 멀어 소경이 된댔어. 자꾸 울면서 눈을 비비면 사마귀 오줌이 눈으로 들어가겠지. 너 그래도, 계속 질질 짤 거야?"

유란은 내 눈치를 보면서 천천히 울음을 그쳤다.

"유란아, 내가 좋은 냄새 맡게 해줄게. 싱그러운 냄새야. 네가 좋아할 오이 냄새."

나는 오이풀이 자란 밭둑으로 걸어가 한주먹 뜯었다. 그런 다음 유란에게 다가가 오이풀을 내밀었다.

"너도 따라 해봐."

오이풀을 손안에서 비비기 시작했다.

"네가 좋아하는 오이 냄새가 내년 여름 오이밭에서 신나게 뒷걸음쳐 다가오고 있어. 오이 냄새를 맡으면 대청소한 것처럼 머릿속이 상쾌해질 거야. 내년 첫 오이 냄새가 지금 막 도착했어."

나는 손안에서 비벼낸 오이풀을 유란이 코앞에 가져다 대고는 다그쳐 물었다.

"나지? 오이 냄새나지?"

유란의 두 볼에 보조개 물방울이 떨어져 끊임없이 원이 퍼져 나갔다. 들판을 사이에 두고 마주한 두 교회 종소리가 번갈아 가며 들려오고 있었다. 원이 더 멀리 퍼져 나가고 있었다.

그녀의 어두운 얼굴은 오래지 않아 생기를 되찾았다. 소나기 그친 여름 들판을 먹구름이 지나갔다. 검푸른 볏논에 다시 햇볕이 들이쳤다. 젖은 몸을 털어주고 지나는 바람결에 벼잎이 일렁였다. 유란이 눈을 빛내며 어렵사리 입을 열었다.

"그런데 말이야. 저기 수박 좀 내가 집에 가져가 먹어도 될까? 내가 딴 과일은 별로인데... 수박은, 조금 좋아하는 편이라서 말이야."

유란은 내가 도저히 거절하기 힘든 눈빛과 눈물과 언젠가는 꼭 가보고 싶은 우주의 끝별이 끌어당기는 듯한 묘한 끌림을 가졌다.

부모님은 한약방 집 박명숙네 큰언니 대사에 가기 전에 잘 익은 수박 스무 통을 따다 원두막에 진열했다. 그런 다음 나에게 몇 번이고 일렀다. 수박 다 팔기 전엔 어디 쏴(쏘아)다닐 생각 딱 붙들어 매 놓고, 진득하니 자리 잘 지키고 있으라고. 수박밭에는 아직 따지 않은 수박이 널렸다. 몇 개 더 따낸다고 표가 날 리 없었다. 내가 웃으며 넌지시 유란에게 말했다.

"알았어. 그런데 말이야. 네가 한 번에 가져갈 수 있는 만큼만 가져가 봐. 단, 여기서 먹고 가는 건 덤으로 해줄게. 너, 수박 많이 먹고 자면 백발백중 오줌 싼다. 우리가 사는 여기에서 지구 반대편은 아프리카잖아. 오늘 밤 이불에 아프리카 지도 그리면 그거 잘 말려서 나 갖다 주는 거로 하자. 그건 내 책상 앞에 잘 걸어두는 거로 할게. 누가 알겠어. 언젠가 우리 집 가보가 될지. 말 바꾸면 너 발바닥에 털 나는 거 알고 있지."

유란의 두 볼에 다시금, 보조개 물방울이 떨어져 끊임없이 원이 퍼져 나갔다.

## 오이꽃 버섯

　유란을 앞세우고 미봉산에 올랐다. 토종 소나무 숲이 울창해 햇빛이 들어올 틈을 내주지 않았다. 바닥엔 솔걸이 쌓여 한 발짝 옮길 때마다 촉촉한 물기가 묻어 나왔다. 숨이 차올랐고 다리에 힘이 빠져 간신히 무릎을 짚고 유란이 뒤를 따랐다. 좀 쉬었다 가면 어디가 덧나나. 유란은 내가 따라잡을 수 없는 거리를 벌리고 비탈길을 올랐다. 위로 오를수록 토종 소나무들이 작아져 유란의 모습이 사라졌다 나타나기를 반복했다. 나는 자리에 주저앉고만 싶었다. 남자가 여자에게 걸음까지 뒤진다는 건 있을 수 없는 일이었다. 유란은 돌무지가 나오는 비탈에 올랐다. 명감나무와 개금나무, 화살나무만이 근근이 살아갈 수 있는 자리였다.

　어제 수업 끝나고 어둑해질 때까지 육상부 훈련을 했다. 운동장 둘레를 줄지어 뛰는 게 훈련의 전부지만, 몇 바퀴를 돌았는지 몰랐다. 그 후유증으로 다리 허리 팔 어깨가 쑤시고 종아리에 알이 배겼다. 미봉산에 오르지 말 걸 후회가 되었다. 유란은 남자애들이나 하는 축구를 곧잘 했다. 유란이 집에는 인형 대신 축구공과 농구공 심지어는 배구공과 핸드볼 공까지 있었다. 이 공 저 공 걷어차다 보면 속이 시원해진다고 하였다. 또래 중에 유란보다 기가 센 놈은 덕영이뿐이었다. 덕영은 5학년에서 싸움을 젤 잘하는 건 물론, 4학년 2학기부터 담임에게 눈을 부라리고 바락바락 대든 발랑 까진 악동이었다. 하지만 덕영도 유란을 깔보고 함부로 대하지는 못했다.

한 손에 크기가 다른 대소쿠리를 겹쳐 들었다. 유란이 것까지 맡아 들었기 때문이다. 소나무 밑에서 올라오는 오이꽃 버섯을 따러 온 것인데, 너무 욕심을 부려 깊이 들어오고 말았다. 유란은 돌무지 중간지점에 멈춰 서 있었다. 내가 다가갔을 때, 그녀의 입술은 바위 봉황 이끼처럼 파르스름했다. 그녀는 사색이 된 채 떨었다. 그런 모습을 나는 처음 보았다.

"왜 그래. 뭘 보고 얼어붙은 거야? 야, 이유란. 정신 차려 봐!"

그녀가 내디딘 오른발 아래엔 한 무더기 뱀이 뒤엉켜 꿈틀거렸다. 나도 그 자리에서 얼어붙고 말았다. 이렇게 징그럽고 소름 끼치는 장면은 상상해 보지 못했다. 그녀는 그 자리에 붙박여 꼼짝하지 못했다. 벌벌 떨리는 그녀의 몸 진동이 뱀 무더기로 그대로 전달되었다. 어찌해야 하나? 퍼뜩 묘안이 떠오르지 않았다. 산을 내려가 땅꾼을 불러오는 방법밖에 없었다. 땅꾼을 불러올 때까지, 그녀가 뱀에게 물리지 않기를 바라는 수밖에 없었다. 뒤돌아선 나는 정신없이 뛰다 바닥을 기는 칡 줄기에 발이 걸려 굴렀다. 무릎과 팔꿈치가 까져 쓰라렸지만, 주먹을 불끈 쥐고 미봉산 아래 첫 집, 오리를 키우는 집으로 내달렸다. 땅꾼 아저씨는 장화를 신은 채 각삽을 들고, 물똥이 깔겨진 오리 우리를 치우고 있었다. 헐레벌떡 뛰어든 내가 대뜸 소리를 질렀다.

"아저씨, 큰일 났어요. 유란이가 죽었을지도 몰라요."

아저씨는 웬 호들갑이냐, 내 얼굴을 힐끗 쳐다보았다.

"차근차근 말해봐 임마. 금광산 사장님 큰딸이 어찌 됐다고?"

"유란이가... 미봉산 돌무지 뱀이 뒤엉킨 데다 그만 발을 내디뎠어요."

땅꾼 아저씨는, 묽은 똥이 깔린 오리 우리를 나와 장화 뒤꿈치로 철망 문을 걷어차 닫았다. 그러고는 뱀눈으로 나를 흘겨보면서 말했다.

"뱀이 많더냐?"

"한 백 마리는 될 것 같았어요."

"그렇게나 많아? 다 물뱀은 아니었고?"

"독사가 많았어요."

아저씨는 비료 부대와 집게를 챙겨 들고는 나를 앞장세웠다. 그는 담배를 물고 뒷짐을 진 채 나를 재촉했다.

"어서어서 가보자. 꼬물거리다 아까운 뱀 다 놓치겠다."

아저씨는 휘파람까지 불었다. 유란이 어찌 되든지 자기는 상관할 바 아니라는 듯 싱글벙글 웃는 낯이었다. 그 많은 뱀이 어디로 도망갈까 조바심을 내었다.

그는 독사를 잡아가면 쩨쩨하게 마리당 오십 원을 쳐주었다. 자신은 읍내 생사탕 집에 몇 배를 붙여 모개로 넘기면서 말이다.

오랜만에 힘들이지 않고 뱀을 쓸어 담게 됐으니, 저절로 휘파람이 나오지 않을 수 없었다. 아저씨는 필터 타는 냄새가 날 때까지 꽁초를 물고 있었다. 불똥이 필터에서 똑 떨어질 때까지 담뱃불을 물고 다녔다.

유란은 깍지 낀 손을 벌벌 떨면서도 기도하였다. 아저씨는 긴 팔 셔츠를 벗어 돌무지 한쪽에 깔았다. 그러고는 유란을 번쩍 들어 올려 셔츠에 눕혔다.

"괜찮은 거냐? 얼마나 징그러웠을까. 뱀은 언제 봐도 징그럽단 말이지. 그건 바뀌지 않는 불변의 법칙이란 말이지. 하여튼 넌 오늘부로 명이 길어질 거다. 저것 봐라. 유란이 인중 늘어난 거."

유란은 여름 한낮에 이를 부딪치면서 바들바들 떨었다.

"이거 물뱀 아냐!"

아저씨가 직접 고안해 읍내 철공소에서 맞춰온 해루질 악어 집게로 뱀을 주워 담으면서 지껄였다. 뱀탕을 끓일 때 물뱀은 감초처럼 들어가지만, 제대로 값을 쳐주지는 않았다. 그래서 대부분의 물뱀은 토막 내 오리 먹이로 던져주었다. 나는 비료 부대를 벌려 잡고 뱀을 세었다. 뱀에 물릴까 두려운 나머지 고개를 돌리고 눈을 감았다. 나는 실눈을 뜨고 아저씨에게 물었다.

"아저씨, 아직 멀었어요?"

"이제 거의 끝나간다. 조금만 참아."

아저씨는 비료 부대 입구를 틀어쥐고 나일론 끈으로 꽁꽁 묶었다. 그런 다음 지포 라이터로 담뱃불을 붙여 숨구멍을 내었다. 비료 부대와 자신의 팔목을 새끼줄로 연결한 아저씨는, 유란을 둘러업었다. 그는 팔목에 연결된 비료 부대를 질질 끌면서 하산하였다. 유란은 끊임없이 경기를 일으켰고 아저씨는 뭐가 그리도 좋은지 어깨까지 으쓱거렸다. 내리막길 내내 휘파람으로 아는 노래 두 곡을 반복해 불렀다.

"물뱀 주제에 드럽게 무겁네. 잡것들하고는."

할아버지를 따라나선 읍내 장에서 땅꾼 아저씨를 보았다. 그는 뱀 대가리를 잡고는 흥이 나서 떠들었다.

"아침에 일어나 뒷동산에 올라가 봐~ 이슬 떨어지는 소리가 들려~ 그것이 무슨 소린가~ 살모사가~ 이슬을 받아먹는 소리야~"

한참을 떠들어댄 땅꾼은 살모사 대가리를 쥐고는 아래로 쭉쭉 훑어

나갔다. 그런 다음 목소리를 돋우어 말했다.

"밑으로 쭉쭉 훑다 보면 딱 걸리는 게 있어~ 요것이 무엇이다냐~ 삼분지 이 지점에~ 딱 걸리는~ 요것이 무엇이다냐~ 뱀사에~ 부랄랑자~ 사랑이라~ 이 말씀이야~"

나는 자꾸만 웃음이 새어 나와 고개를 돌렸다. 땅꾼 아저씨 등에 업혀 미봉산을 내려온 유란은, 매가리가 없었다. 아무도 없는 집, 자신의 방 아랫목에 눕혀졌다. 그녀는 여전히 몸서리치고 있었다. 펄펄 끓는 그녀의 이마를 짚었는데 바로 손을 떼지 않을 수 없었다.

"네가 뭔데... 얻다 손을 대!"

그녀는 갑자기 힘이 솟아나 쌀쌀맞게 말하고는, 내 손을 쳐냈다.

"다시 한번 손댔단 봐라. 너 당장 뱀 물려 죽을 줄 알아!"

어디다 눈을 둬야 할지 몰랐다. 고춧가루 부대를 뒤집어쓰고, 어딘가로 무작정 도망쳐야 할 판이었다. 눈을 감고 돌아누운 그녀와 나 사이에 새로운 벽이 생긴 느낌이었다. 나는 모로 누운 그녀 등 뒤에 무릎을 모았다. 보이지 않는 벽을 허물게 해달라고 기도를 드리는 수밖에 없었다.

언제부턴가 그녀가 조금씩 변하기 시작했다. 남자애들과 어울려 공을 차는 횟수가 줄어든 건 물론 말이 없어지고, 변덕이 심해 어느 장단에 춤을 춰야 할지도 몰랐다. 우두커니 앉아 있는 시간이 길어지고 갈수록 싸가지없어졌다.

유란이 집에서 나온 나는 땅꾼 아저씨 집으로 걸었다. 아저씨 지포라이터가 길섶에 흘려 있었다. 뱀값을 제대로 안 쳐준 아저씨에게 라이터를 돌려줄 마음이 없었다. 유란이 진정제를 사러 약방으로 걸었다. 땅꾼 아저씨 라이터를 보창에 집어 던졌다.

오이꽃 버섯에서는 오이 냄새가 물씬 풍겼다. 쭉쭉 찢어 햇볕에 말리면 흑갈색으로 변하는데, 된장국에 넣어 끓이면 노랗게 퍼져 다시 꽃피었다. 오이 냄새도 온전히 돌아왔다.

"세상에 그런 버섯이 어딨겠어?"

내가 오이꽃 버섯에 관해 설명하자 유란은 쌍꺼풀이 접혀 올라간 눈을 흘겨 떴다. 그러고는 또 뻥 치지 말라고 쏘아붙였다. 좀체 내 말은 믿지 않는 유란에게 쫄깃한 오이꽃 버섯을 먹이고 싶었다. 진한 오이 냄새가 퍼진 유란의 얼굴에 잠깐만이라도 웃음이 머물렀으면 했다. 유란의 방에 양봉지와 물그릇을 밀어 넣은 나는 미봉산 잔 솔숲으로 걸음을 옮겼다. 된장국에 넣은 오이꽃 버섯을 먹은 유란의 볼에 패일 보조개를 상상했다.

"정말이네."

활짝 웃는 그녀의 모습을 그려봤다.

# 김술래

 그녀는 부모 제사 때나 택시를 대절해 친정에 왔다. 간섭할 게 쌔고 쌔서 화장품 향수 냄새를 집 안 곳곳에 퍼뜨렸다. 경찰이던 고모부는 6.25 전쟁 발발 초 의정부 전투에 투입된 이후 실종되었다. 사람들이 전사했을 확률이 99.99%라고 입을 모았지만, 그녀는 0.01%의 확률을 믿고 실종된 거라 일관되게 우겼다. 고모부는 젊은 부인과 핏덩이 아들을 남겨둔 채 지금껏 실종 상태였다. 아들을 친정에 맡긴 그녀는 서울로 올라가 닥치는 대로 행상을 했다. 악착같이 돈을 모아 종로의 한옥을 장만해 아들을 데려갔다.
 그녀가 들고 온 가방에는 값나가는 물건이 가득했다. 형제들에게 나눠 줄 옷가지며 귀금속, 더러는 외제 시계, 양주, 초콜릿, 미제 과자가 방바닥에 진열되었다. 그즈음 고모는 여관을 운영하였는데 객실이 서른 개나 된다고 하였다. 옆집이 매물로 나오면 사들여 여관을 확장해 나갔다. 옷과 양주, 초콜릿, 과자를 제외한 나머지 선물은, 여관비 모자란 손님이 맡겨놓고 찾아가지 않는 물건이었다. 그녀는 선물꾸러미를 풀어놓고 어지간히 자랑을 늘어놓았는데, 그때는 듣도 보도 못한 진귀한 물건을 팔러온 방물장수처럼 보였다. 물건의 가치를 부풀려 설명하여 충분히 생색을 낸 다음 공짜로 나눠주는 어이없는 방물장수 말이다.

일곱 형제는 새벽까지, 서울 고모 말에 귀를 기울였다. 선물을 받아가서 동네 사람에게 자랑하기 위해, 하나라도 더 주워들어 놔야 부풀려 설명하는데 보탬이 되었다. 고모 눈 밖에 나면 당장 마음에 차지 않는 물건을 받을까 조바심 내었다. 그녀는 여관 손님이 드는 새벽 4시까지 안 자고 버티는 훈련이 돼 있었다. 그러나 형제들은 저녁 일곱 시만 되면 눈꺼풀이 무거웠다. 나머지 형제는 농업과 어업에 종사하기 때문이다. 토끼 눈이 되어 깜박 졸다가도, 깜짝 놀란 토끼 눈이 되어 자세를 바로잡았다. 나는 눈을 비비며 졸음을 참다못해 잠들곤 했다. 일어나 제삿밥 먹고 자라는 어머니 목소리를 잠결에 얼핏 들었지만, 잠에서 깨어보면 벌써 날이 밝고 있었다.

그녀는 유난스럽게 깔끔한 체를 하였다. 세면을 하고 얼굴과 손을 닦을 때도 자기가 가져온 수건을 꺼내 사용했다. 밥상 앞에서는 먹지 못할 무엇이 들어 있지나 않을까 유난을 떨었다. 심지어 하얀 양말에 먼지가 묻을까 봐 뒤꿈치를 들고 걸었다. 하이힐을 신을 때도 손수건을 꺼내 먼지를 닦고 훅훅 불었다. 어머니는 눈꼴사납다고 몰래 눈을 흘겨대기에 바빴다.

"혼자 깔끔한 척 꼴값 다 떨고 있네. 눈 뜨고는 못 봐준다니께. 자기가 언제부터 귀부인 됐다고 유난을 떠냐 말이여."

부모님은 토깽이(토끼)띠 동갑내기였다. 고모와는 무려 열 살 터울이 나는데도 어머니는 고모보다 훨씬 나이 들어 보였다. 그녀가 집 밖으로 나가자, 어머니는 드디어 심술보가 터져버렸는지 길게 투덜거렸다.

"매일 해주는 밥 받아먹고, 거울 앞에 앉아 화장품이나 찍어 바르니 그렇지. 나도 농사일 안 하고 가꿔만 봐라, 하늘에서 내려온 선녀가 나보고 넙죽 엎드려 백 번도 넘게 절하겠지. 암, 선녀가 감탄하면서 백 번이라도 큰절하고말고. 누덜(너희)만 안 딸렸어도 내가 이전에 선녀를 따라가 살고 있겠지."

어머니는 부엌문 옆 거울에 까맣게 그은 얼굴을 비춰보고는 돼지 구정물 양동이를 들고 밖으로 나갔다. 미닫이문이 어디가 심하게 찢어지는 소리를 내고는, 덜렁덜렁 닫혔다.

"나도 서울로 시집갔더라면."

어머니 말에 나는 뜨끔했다. 어머니가 남긴 말꼬리의 여운이 머릿속에 남아 금방 상처가 되었다. 그 말이 계속 맴을 돌았다. 어머니가 남긴 말꼬리를 잡고 나는 집 밖으로 나왔다.

'나도 서울서 태어났더라면.'

어머니가 서울로 시집갔더라면, 나는 아직 이 세상 빛을 보지 못했을 것이다. 세상에 태어난 것 자체로도 충분히 축복받은 거라고 했다. 이 세상에 태어난 것만 봐도 엄청난 경쟁을 뚫고 선택받은 것이 분명하다. 하지만 어렵게 태어난 세상에서 다시 치열한 경쟁을 거쳐야 하는 게 문제였다. 서울 고모는 밥상머리에서 골고루 꼭꼭 씹어먹으라고 잔소리했다. 골고루 먹을 것도 부족한데 꼭꼭 씹어먹기까지 하라니, 어처구니가 없었다. 그나마 있는 반찬까지 빼앗길 판인데 말이다. 나는 아랫방 굴뚝 옆에 기대어 생각에 잠겼다. 고모는 은근슬쩍, 똘똘한 셋째 동생을 양딸로 데려가 키우고 싶다는 속내를 내비쳤다. 내가 여동생 대신 가면 안 되겠는가. 어떻게 하면 내 바람을 이룰 수가 있겠는가. 어느새 나는 데려가 키우기엔 너무 징그러운 나이가 된 것일까. 너는 절대로 안 돼 라고 딱 잘라 말한 고모가 똥간에 들어가 한참을 나오지 않았다. 오랜만에 시골 음식을 먹어 설사라도 터진 것인가. 전쟁통의 고모부처럼 인민군이 무차별 갈겨대는 따발총 소리를 듣고 있는가. 그녀는 똥간에 가는 것을 질색했다. 우리 집 똥간은 구더기가 우글거리고, 똥파리가 윙윙대는 악취의 오랜 소굴이었다. 똥간에 갔다 올 때마다 수세식으로 고쳐준다고 말해놓고, 서울로 올라가서는 감감무소식이었다. 그녀는 언제나 깨끗하게 해놓고 살라고 잔소리만 늘어놓을 뿐이었다. 그런 그녀가 손으로 코를 틀어쥐고 입을 감싼 채 똥간 함석 문을 벌컥 밀치고는 소스라쳐 뛰쳐나왔다. 똥간에 들어간 뒤로는 숨 한 번 안 쉰 사람 얼굴이었다.

그 뽀얗던 얼굴에 핏기가 없었다. 그녀는 똥간에서 나와 참았던 숨을 몰아쉬고는, 손사래를 쳐댔다. 절대로 너는 못 데려간다, 영락없이 다시 한번 똑 부러지게 거절하는 동작이었다.

"애야, 뭐 하느라 화장지도 못 사놓느냐? 어디 밑 닦을 종이 쪼가리라도 보여야지. 똥은 어떻게 닦으라고 짚단만 잔뜩 쌓아놓은 것이냐. 나 오늘 똥 구신에게 목 조여 승천 길 오르는 줄 알았다."

원피스 입은 고모는 나를 힐끔 돌아보고는, 집 안으로 들어갔다. 셋째 고모 김술래 여사님 목소리가 쩌렁쩌렁 울려 나왔다.

"나 원 참. 불안해서 볼 일도 제대로 못 봤잖은가. 변소 가는 게 지옥 가는 것만큼이나 무서워서야. 그나마 주머니에 빳빳한 500원권 지폐라도 몇 장 들었으니 망정이지. 종일 거기 쭈그리고 앉아 목 졸릴 뻔했잖은가. 아이고야, 머릿속에 벌침이 다닥다닥 박혔나 보네. 콕콕 쑤시는 게 벌침이 촘촘히도 박혔나 보네. 이 일을 어쩐다나. 근엄하신 충무공 면전과 거북선, 현충사에도 몇 번이나 똥 찍어 발랐으니. 나 매국노라고 해도 변명할 여지가 없게 생겼네. 차라리, 내 빤쯔를 벗어 닦아낼 걸 그랬나 싶어 후회막급이네!"

그녀는 똥간 얘기를 멈추지 않았다. 엄살이 이만저만 심한 양반이 아니었다. 그녀의 엄살은 하얀 타일이 깔린 화장실을 자랑하기 위한 밑밥이었다. 자기네 여관에는 그런 화장실이 서른 개는 된다는 것을 은연중 자랑하기 위한 포석이었다.

"지폐 세 장을 컴컴한 똥통에 적선한 셈이지."

내 귀가 쫑긋 선 것은, 그 대목에서였다.

"그렇게 비싼 화장지로 밑 닦은 사람은 이 근방에선 내가 처음일 것이네. 여기 군수는 물론 가까운 일가친척까지 싹 다 조사해 봐도 그렇게 해본 이가 없을 것이네. 아침부터 똥간에 기부금 냈으니, 당분간 달걀구신에게 해코지당할 일은 없겠네."

떼돈을 벌고부터 고모의 허풍이 부쩍 심해졌다. 나는 밑져야 본전이라는 생각이 들었다. 얼른 똥간으로 가서 확인했다. 지폐 세 장이 꼬깃꼬깃 접힌 채로 똥 탑에 떨어져 있었다. 재빠르게 뒤꼍으로 돌아간 나는 순간, 천재가 된 착각에 빠졌다. 내 명석한 머리를 따라올 사람은 적어도 십 리 안에는 없을 것이었다. 매미채가 어디 있는지 금방 떠올랐다.

발소리를 최대한 죽이고 뛰었다. 누구에게 들키기라도 하는 날엔 지폐를 홀랑 빼앗기고 말 것이다. 나는 침착함을 잃지 않았다. 접힌 지폐를 건져 냇가로 슬금슬금 뛰었다. '고모 똥은 최고급 된장이다. 냄새도 거의 안 나고 더럽지도 않다.' 그리 되뇌었지만, 역시나 고모 똥은 최고급 된장은 못되었다. 고모 된장 자국을 깨끗이 씻어 숯다리미로 빳빳하게 다려놔도, 농협에서 방금 찾아온 쌤삥(새) 지폐는 될 수 없었다.

손가락으로 탁 튀기면 경쾌하게 '팍' 소리가 날 리도 없었다. 그래서 숯 다리미로 다릴 생각은 접었다. 다 된 밥에 코 빠뜨린다고 누구에게 들키면 그동안의 수고와 설렘이 게거품 물고 사라질 것이다. 나는 쌍둥이 할아버지네 구멍가게로 가기 전에 썩은 된장을 씻어낸 지폐를 말려야 했다. 햇볕이 먼저 드는 공동묘지 억센 잔디에 지폐를 널고 돌로 테두리를 눌렀다. 아침 햇볕이 더디 지폐를 말렸다. 원래 털터룸(지저분)한 나는 황토 바닥에 모로 누워 지폐 세 장으로 살 수 있는 물건, 할 수 있는 일을 따져보았다.

처음으로 수중에 들어온 거금이었다. 자전거를 사기에는 턱없이 부족했고, 군것질하다 보면 금방 녹아날 것이다. 읍내 체육사에 가서 축구공을 사? 그건 안 될 일이지. 집안 식구들 눈에 띄는 물건을 사거나 어떤 일을 해서도 절대 안 되었다. 그랬다간 금방 탄로 날 게 자명했다. 내 생각은 거기에서 멈췄다. 생각이 짧은 나를 탓하는 수밖에 없었다.

그럼 그렇지. 내가 무슨 천재야. 나는 바보 천치 멍텅구리 쪼다다. 이까짓 더러운 돈으로 무얼 할 수 있겠어. 무언가를 사고 무언가를 하더라도 똥독에서 건진 돈으로 했다는, 꺼림칙한 느낌을 지우진 못할 것이다. 온갖 사람 손을 거쳐 내 수중에 들어온 돈은 더럽기 짝이 없다고 한 아버지 말이 비로소 이해되었다.

어느새 학교 갈 시간이 되었다. 집으로 걸어가는 내내 유란네 기와집을 보았다. 할머니 방에 불을 때는 짙게 흰 굴뚝 연기를 보았지만, 애절한 마음은 사라지지 않았다. 뾰족한 돌을 금방 찾아든 나는 밭둑을 파헤쳤다. 주위에는 지켜보는 사람이 없었다. 지폐 세 장이 꼭 필요할 때가 있을 거라 믿었다. 그때가 오면, 지폐 세 장에는 얼마간 흙냄새가 배어있을 것이다.

오르막 진 농로로 접어들었다. 우리 집 바깥마당이 보이기 시작했다. 금광 다닐 때 쓰던 안전모를 소나무 막대기 끝부분에 묶어 똥바가지로 쓰고 있었다. 똥바가지 자루를 쥔 아버지의 거동을 지켜보았다. 쭈그려 앉은 아버지는 옆으로 누워 똥 탑 주변을 살폈다. 그까짓 체면이 뭐라고... 한참 시간을 지체해 밖으로 나온 아버지였다. 큰아들이 낚아채 간 지폐의 행방은 묘연했다. 몇 번이고 밑을 닦은 지폐를 강조한 걸 보면 누님의 말은 거짓부렁이는 아닐 것인데... 참말로 요상한 일이 아닐 수 없었다.

## 하늘빛 눈물 꽃


　야트막한 황토 야산에 둘러싸여 시야가 막힌 동네 아이들은 지평선을 보는 대신 하늘을 올려다보았다. 솔개가 까마득히 날고 있는 하늘, 어딘가에 있을 법한 끝없이 푸른 풀밭, 놀이에 지칠 때마다 하릴없이 올려다보는 막막한 하늘, 막다른 하늘, 스테인리스 장난감 비행기가 지나가는 하늘, 차돌 속 빛의 줄이 길게 그어지는 하늘, 우리는 긴장하고 있었다. 언젠가 뻥튀기 기계에서처럼 뻥 소리가 들렸다. 뻥튀기는 온 데간데없고, 하늘에 그어진 흰 줄(비행운)만 감쪽같이 지워졌다.
　야트막한 황토 야산에는 소나무와 아카시아와 참나무가 수종樹種의 80% 이상을 차지했다. 동네 안에 있으면 황토 산에 난 길들이 훤히 들여다보였다. 누가 어디에 가고 오는지 아이들은 훤히 꿰뚫었다.
　도랑에 앉아 가재 씨 말리기를 하거나, 나무를 깎아서 목검을 만들거나, 갓난아기 나무관처럼 생긴 연장통에 소나무 몸통을 잘라 네 개의 바퀴를 달아놓고 누군가에게 언덕 위로 끌게 하거나, 병정놀이하거나, 길에 구덩이를 파 똥간의 묵은 똥을 부어놓고 누군가 지나가기를 기다리거나, 새총을 들고 방앗간 근처에서 함석에 돌을 박아 넣거나, 딱지치기하거나, 서리할 수박을 점찍으러 다니거나, 새알을 꺼내러 새

집을 찾아다니거나, 부엌칼로 호박을 오려 속을 파낸 다음 똥을 한 바가지 싸놓고는 감쪽같이 뚜껑을 닫아놓거나 할 때마다, 우리는 종종 하늘을 올려다보고, 태양의 기울기로 시간을 어림짐작했다. 쌍발헬기 소리가 들리나 귀를 기울였다.

언젠가는 미봉산 상공으로 쌍발헬기가 날아올 것이다. 한 가마니도 넘는 삐라를 쏟아부을 것이다. 민지 보는 사람이 한 장이라도 더 차지할 수 있었다. 삐라는 미봉산 곳곳에 쑤셔 박힐 것이다. 나는 동생들이 어디에서 무얼 하는지 파악하고 있었다. 손이 많아야 삐라를 더 주워 올 수 있었다.

미봉산 상공에 쌍발헬기가 모습을 드러냈다. 나는 가슴을 졸였다. 쌍발헬기 옆구리 문으로 삐라가 뿌려지기 시작하고, 흩어져 내리는 삐라를 보면서 나는 내달렸다. 어깨에 쇠스랑을 걸친 현교 아버지, 밭고랑에 서서 밀짚모자를 벗어들고 머리 위에서 프로펠러를 돌리며 소리소리 질렀다.

"Here hello it is, Here hello it is… ."

그는 흡사 자신이 월남에 두고 온 분신과 지금의 자신을 혼동하는 듯 부르르 떨기까지 하였다. 어느 쪽이 진짜 그인지 나중의 그만이 알고 있을 것이다. 더는 그가 두렵지 않았다. 그를 못 본 척 지나친 나는 냅다 뛰면서 동생들을 질책하는 소릴 내지를 뿐이었다.

"야, 굼벵이들, 빨랑빨랑 거 나오지 못해!"

나는 동생들에게 빨리 나오라고 고함을 쳐댔다.

"뭘 꾸물거려! 빨랑 튀어나오지 못해!"

동생들은 두레 밥상에 둘러앉아 보리밥에 열무김치를 비벼 먹었다. 동생들에겐 밥 먹는 게 가장 중요했다. 삐라를 주워봤자 모조리 빼앗

길게 뻗했다. 나는 내가 삐라를 제일 먼저 보았다고 믿었다. 조금이라도 미적거렸다간, 온 동네 애들에게 골고루 나눠 주는 꼴이 되었다.

나는 어두워져서도 마지막 삐라를 찾았다. 삐라를 보고 몰려온 애들이 돌아가고, 별이 뜨고 멧비둘기가 진짜 속울음을 꺼내놓는 밤이었다. 어머니가 집 앞에 나와 플래시 불을 내두르며 쐐가 빠지게 나를 불러댔다.

"기덱아, 어딨느냐. 얼른 들어와 밥 먹지 않코!"

그건 나와는 상관없는 산 아래 동네의 꾀죄죄한 일이었다. 나는 분신이 있으면 얼마나 좋을까 상상했다. 미봉산 둘레에 성을 쌓고 정상에 총지휘 본부를 세워 분신을 관리하는 일만 하고 싶었다. 유란과 무인도에 갈 때 타고 갈 철선을 만드는 분신. 공부 열심히 하는 분신. 시험 볼 때 김현주의 시험지를 훔쳐보는 분신. 부모님 일 도와주는 분신. 아버지 술 마시고 집에 일찍 안 올 때 데리러 다니는 분신. 심마니 할아버지를 앞질러 다니며 값나가는 약초를 캐오는 분신. 다락방에서 유란과 책을 읽고 독후감을 쓰는 분신. 유란의 속마음을 내게 꼬지르는 분신. 유란 아버지 금광산에서 밤낮 금맥을 따라 굴착 하는 분신 열쯤. 하지만 많은 분신을 먹여 살릴 자신이 없어져 맥이 풀렸다. 칡넝쿨로 동여맨 삐라를 품에 안고 골짜기를 내려왔다. 나는 삐라가 얼마나 내게 와 안기고 싶었는지를 금방 느낄 수 있었다. 어느새 따뜻해진 삐라가 나를 위로했다. 이제는 최소 반년간은, 나뭇가지로 땅바닥에 뭔가를 그리거나 쓰지 않아도 되었다. 최대한 작게 빼곡히 쓰면 일 년은 넘게 뭔가를 그리고 써넣을 수 있었다.

공백인 삐라 뒷면이 다 채워지면 뒷산 할아버지 산소 옆에 구덩이를 파고 못자리 폐비닐을 덮어씌워 보관할 것이다. 내가 동네와 바다를 들쑤시고 다니면서 본 인상적인 장면만 그리고 옮겨적어도 삐라는 턱없이 모자랄 것이다. 되는대로 이야기를 지어낼 수도 있을 것이다. 삐라를 네모나게 접을 것이다. 접힌 줄 안에 그림을 그리고 글을 쓸 것이다. 그림을 그리고 글을 쓴 삐라 종이에 번호를 매길 것이다. 그런 다음 가위로 네모나게 자를 것이다. 네모나게 자른 삐라 종이를 가져다 또 할아버지 산소 옆에 폐비닐을 싸매 묻을 것이다.

할아버지는 위 사랑방에서 기침을 달고 살았다. 술집에서 난동을 부리는 일본 순사 셋을 손봐준 할아버지, 재산을 거의 탕진할 때까지 전국을 떠돌고 중국, 소련을 돌아다녔다는 할아버지, 어딘가를 떠돌다 추수할 무렵이면 어김없이 돌아왔다는 할아버지, 추수한 곡식을 돈사(팔아) 들고 다시 유랑을 떠났다는 할아버지, 일본 북해도(홋카이도) 탄광에 징용 끌려가 진폐증(塵肺症) 걸려 돌아온 할아버지. 내가 다섯 살이던 이른 봄날 할아버지는 일주일 넘게 진탕 술 마시고 돌아와 나무 대문을 밀치고 쓰러져 돌아가신 적이 있었다. 사흘 동안 의식이 없던 할아버지께서 돌아가셨다는 부고를 돌리고 전보를 쳤다. 고모들이 달려오고 장례 준비가 진행되었다. 안마당에 포장을 치고 도갓집에서 술이 배달되고 돼지를 잡았다. 고모들의 드높아진 곡소리. 질퍽한 안마당에 깔린 볏짚을 짓이기며 오가는 동네 사람들. 향냄새 나오는 안방 병풍 뒤에 누워있던 할아버지의 벼락 치는 소리가 들려왔다.

"애들아, 워디(어디) 사람 죽었더냐? 원체 시끄럽게 울어 쌌써서 깊이 잠들 수가 있어야 말이지."

의식을 되찾은 할아버지는 사람들이 다 모인 김에 생일잔치 당겨서 하자고 너스레를 떨었다.

"사나흘 푹 자고 일어나 그런가, 김가네 도갓집 술맛이 한결 나아졌구나."
 할머니와 고모들과 부모님. 방바닥에 눈물이 떨어졌지만, 왜 그런지 입으로는 웃었다.
 할아버지는 내가 아홉 살 겨울에 진짜로 돌아가셨다. 징용 가서 사왔다는 손목시계를 끌러 아버지 사타구니에 냅다 집어 던진 할아버지, 그의 마지막 숨이 넘어갔다. 나는 졸음이 덜 깬 눈을 비비고는 할아버지의 임종을 지켜보았다.
 할아버지는 겨우내 고뿔을 달고 살았다. 위 사랑방 화로에는 할아버지가 코를 푼 신문 종이가 네모나게 올려져 있었다. 말년에도 할아버지는 조금도 기가 죽지 않았다. 할머니는 위 사랑방에서 기침 소리가 날 때마다 간이 녹아내리는 것 같다고 하소연했다. 언제 무슨 호통이 떨어질지 몰라 불안을 달고 살았다.
 "그래도 느이 할아버지, 여자 문제로 속 썩인 적은 없었단다."
 혼잣소리를 끌고 나간 할머니, 뒤주 가마니에서 겉보리 한 말을 덜어 광목 자루에 담았다. 겉보리 광목 자루를 인 할머니 방아 찧으러 가고, 나는 할머니 뒤를 따라나섰다. 오른손을 머리 위에 올리고 왼팔을 힘차게 휘저으며 걸었다.
 할아버지는 코를 푼 네모난 신문 종이를 화로에서 말렸다. 너덜거려 더는 못 쓰게 될 때까지 네모난 신문지를 말렸다. 네모난 신문 종이 앞뒤의 글자가 지워지도록 기침하고 코를 풀었다.
 언제 끝날지 모르는 기침과 콧물을 받아낸 네모난 신문지 조각들, 화로 위 석쇠에서 말랐다. 할아버지는 창호지 문에 달린 조그만 유리창으로, 가끔 밖을 내다보았다. 할아버지의 행동반경은 점점 줄더니 결국엔 목관으로 들어가 연이 없는 양지바른 야산 황토에 묻혔다.

## 쌍둥이

 메지 강똥 할아버지는 쌍둥이였다. 학교 앞 버스 정류소에서 푸른 잉크를 꾹꾹 찍어 차표를 팔았다. 어두컴컴한 부엌 귀퉁이에 장독을 묻어놓고 적당히 물 탄 막걸리를 휘저어 팔았다. 어느 날 술독에 빠져 불어 터진 쥐를 보았다. 큼지막한 쥐를 손으로 건져낸 할아버지는 비위가 상한다는 듯 인상을 썼다. 쥐 털이 빠진 막걸리를 조랭이(조리)에 걸러 내는 똑같은 할아버지가 더럽고 징글맞다는 표정으로 중얼거렸다.
 "아는 게 병이고 모르는 게 약이지 않은가 말이여. 뭘 먹고 살찌고 오래 살지 누가 알겠냐고 말이여."
 전방의 과자류와 학용품과 양조간장, 식초, 술병, 빨랫비누 등 진열 상품에 두툼한 먼지가 앉았다.
 버스 정류소 앞 그리 넓지 않은 마당에는 두 가닥 등나무 줄기가 짜올린 지붕이 있었다. 지붕 밑에는 벽돌을 탁자 모양으로 쌓아 올리고 시멘트를 발라 입힌 미끈한 탁자가 놓였다. 탁자를 중심으로 사각에 길고 두툼한 미송<sup>美松</sup> 의자 넷이 놓였는데 나이테가 도드라졌다. 얇은 반바지를 입고 앉으면 엉덩이에 나이테 자국이 그대로 배기는 느낌이었다. 바람이 불라치면 등나무 푸른 잎사귀가 먼저 알아차리고 어슬렁거렸다. 햇살이 쏟아지는 날이면 어김없이 햇볕 부스러기가 미끄러운 시멘트 탁자와 미송 의자들과 푸른 지붕 밑에 흩어져 깜짝깜짝 놀래키는 빛이 났다.

쌍둥이 할아버지 치아엔 꺼먼 담뱃진이 끼었다. 등나무 아래서 장기를 두는 할아버지들 치아도 매한가지였다. 반질반질 침이 묻어 있지 않다면 영원히 빛나지 않았을 것이다. 조금씩 벌어진 입은 길디긴 동굴을 연상시켰다. 그 동굴 앞에서 치아가 반짝반짝 빛이 났다.

하굣길 아이들은 메지 강똥 할아버지 구멍가게에 달려 들어가 아이스 께끼 냉장고를 뒤졌다. 서로가 밑에 있는 께끼를 차지하려고 난장판이었다. 아이들은 팔을 집어넣고 딱딱한 께끼를 찾았다. 쌍둥이 메지 강똥 할아버지는 에누리 없이 께끼 값을 받기 위해 누가 물건을 쌔벼 가나... 구멍가게 마루에 서서 감시를 게을리하지 않았다.

"얼른얼른 골라라. 께끼 다 녹는다. 두꺼비집 팽팽 돌아가!"

쌍둥이 할아버지는 거스름돈을 내주는 법이 없었다. 대신 안 팔리는 물건을 가져가라고 강요했다. 그게 싫으면 나중에 필요한 물건이 생기면 가져가랬다. 그때 가서는, 무슨 날강도 같은 심보냐고 펄쩍 뛰었다. 혹시나 해서 물었지만, 물을 때마다 물건값은 조금씩 올라갔다.

유란이 가장 먼저 께끼 봉지를 벗겨 휴지통에 버렸다. 입술과 혀에 팥물을 들이기 시작했다. 유란이 먹는 걸 지켜보면서 나는 께끼 맛을 보았다. 팥색 루주가 묻은 그녀의 입술과 혀를 볼라치면, '남이 먹는 걸 뚫어지게 쳐다보는 것만큼 추잡스러운 게 없다.'라는 조미숙의 말이 대뜸 떠올랐다.

나는 슬그머니 눈을 감았다. 그러고는 유란에게 웨딩드레스를 입혀봤다. 행복은 쿵쾅거리는 심장 박동을 타고 떠올랐다. 행복은 엔진 보링한 고깃배를 타고 선착장으로 들어왔다. 낮게 나는 갈매기 떼 울음소리로 들려왔다.

　조악한 구멍가게는 늘 어두운 곳이었다. 금광과 멀지 않은 면 소재지 일부엔 일제강점기부터 전기가 들어왔다. 누렇게 변한 전깃줄에 매달린 삼십 촉 전등엔 자잘한 파리똥이 촘촘히도 찍혀 있고, 미세한 먼지가 겹겹으로 잘 싸 발렸다. 언제 끊겨도 이상하지 않은 전등의 필라멘트가 가늘게 떨렸다. 노란빛이 먼지와 파리똥을 달구고 가게 안을 투명 니스로 코팅했다.

　아이들은 쌍둥이 할아버지를 하나로 묶어 '메지 강똥'이라고 불렀다. 그들은 민망하게 아이 얼굴을 빤히 들여다보고 몇 번에 걸쳐 이름을 되묻곤 했다.

　"네 이름이 메지(뭐지)?"

　"네 애비 이름이 메지(뭐지)?"

　메지 강똥 쌍둥이는 붕어처럼 머리가 나빴다. 금방 묻고도 되묻는 것이었다. 둘이 박자를 맞춰 함께 물을 때도 있었다. 둘이 아이 이름을 열심히 묻고 있는 걸 보면 웃음을 참기 힘들었다. 한여름 개천 웅덩이의 붕어들이 물 밖에 입을 떠올리고 뻥긋거렸다. 그들의 입에서도 조만간 공기 방울이 비누 거품처럼 빠져나올 것만 같았다.

　나는 메지 강똥 할아버지들 희끗희끗한 턱수염을 보았다. 할아버지 입 주위를 따라 쉴 새 없이 움직였다. 턱수염을 가만히 지켜보고 있는데 불현듯 나를 깔보고 덤벼든 늙은 숫염소의 뿔과 검은 수염과 꽃 피기 전 어머니가 뽑아 흙을 털어낸 대파 뿌리가 떠올랐다. 할아버지 턱수염이 '파 뿌리'로 보였다. 검은 머리 파 뿌리가 아니라, 검은 수염 파 뿌리 될 때까지 쌍둥이 할아버지는 홀아비로 살며 서로의 곁을 지켰다.

두 분 할아버지는 누가 누군지 분간하기 어려웠다. 각자의 이름 대신 메지 강똥으로 뭉뚱그려져 불린 것도 한몫 톡톡히 했다. 그 둘만이 언제나 서로를 완벽히 구분 지을 수 있지 싶었다.

메지 강똥은 금실 좋은 부부처럼 사이가 각별했다. 서로가 서로에게 좋은 거울이 되어 주었다. 둘만 있으면 세상은 웃음으로 가득 채워졌다. 신김치 쪼가리를 놓고 막걸리를 마실 때도 거울을 보듯 사이좋게 마주 앉아 잔을 부딪쳐 들었다. 둘은 뭐가 그리도 좋은지 사이가 헐렁하고 누리끼리한 치아를 드러내고, 때 없이 웃었다. 덩달아 '파 뿌리' 수염도 오두방정을 떨었다.

"어허 허허 허허허… ."

두 분 할아버지는 장기를 두었다. 늙은 부부였다면, 한 분은 아랫목에 팔 괴고 누워 라디오를 듣고 한 분은 윗목에서 화투짝이나 떼어 맞추고 있었을 것이다. '강똥'은 물건을 너무 비싸게 팔아서 붙여졌다. 아무도 사 가지 않는 물건을 가게 안에 들여놓고 고집을 피우는 것도 '강똥'이 붙은 이유였다. 나쁜 머리라도 둘이 작전을 짜면 금방은 안 들킬 텐데 그들 둘의 지능을 합쳐도 보통 사람 하나도 되지 못했다.

가게 뒤편에는 족히 백오십 년은 묵었을 법한 돌배나무가 있었다. 여름이면 매미가 스무 마리는 붙어 한꺼번에 울어 젖혔다. 돌배나무는 뒤뜰과 지붕을 다 차지하고도 모자라 찻길까지 뻗어 나갔다. 돌배가 익으면 메지 강똥 할아버지는 길가의 돌배부터 털어 사과 궤짝에 왕겨를 깔고 가게 안에 진열했다. 이빨도 들어가지 않을 만큼 딱딱한 돌배를 누가 사 간다고, 왕겨 위에 모셔놓고 진득하게 임자를 기다렸다. 돌배가 썩는 건 할아버지들 책임도, 돌배들 책임도 아니었다. 생채기가 난 돌배는 썩으면서 곰팡이를 피웠다. 돌배 하나에서 시작된 곰팡이가 궤짝 전체의 돌배로 번지는 건 삽시간이었다.

  누가 돌배나무 가지를 건드려도 대판 싸움이 벌어졌다. 언젠가는 버스가 돌배나무 굵직한 가지 끝을 분지르고 지나갔다. 버스회사에 즉각 전화를 걸어 돌배나무 가지를 분지른 버스 기사를 색출해 낸 메지 강똥은 원상 복귀시켜 놓지 않으면 고발하겠다고 으름장을 놓았다. 어쩔 수 없이 오렌지 주스를 사 들고 찾아온 버스 기사는 굽실거리며 빌고 또 빌었다. 돌배나무 가지 하나 부러뜨린 값, 그 가지에서 100년간 열릴 돌배값, 충격으로 몸통이 조금 찢긴 값, 돌배나무가 충격으로 10년쯤 늙은 값, 전화비까지 합해 이만 오천 원을 합의금 조로 내놓았다. 물론 그 돈은, 한 달간 차장이 삥땅 친 걸 나눠준 상납금이었다. 버스 기사가 사 온 100% 오렌지 주스는, 구멍가게에 진열되어 무기한 임자를 기다렸다. 주스가 하도 안 팔리자, 쌍둥이들은 주스 병을 따서 한 잔씩 마시고는 물을 채워 흔들어놓았다.

  유란이 나타나면 나는 아이들 무리에서 빠져 집으로 걸었다. 아이들이 볼 때면 느릿느릿 걷는 척했다. 아무도 안 본다 싶으면 유란과 거리를 좁히기 위해 속도를 내었다. 앞만 보고 걷다 돌부리에 걸려 넘어져도 하나도 아프지 않았다. 엄살을 피울 나이가 지났고 아무도 보지 않는데 울고 있을 이유가 없었다. 집에 들른 나는 어머니가 굴과 조개를 팔아 심부름용으로 사 준 자전거를 타고 유란의 뒤를 따랐다. 유란이 눈치 못 채게 일정한 간격을 유지했다. 한참을 서 있다가 다시 페달을 실었다. 찍찍 브레이크를 잡고 속도를 끌어내렸다. 핸들을 팍팍 꺾어 길쪽 끝과 끝에 닿게 바퀴 자국을 그려나갔다. 유란은, 내 전부를 불어넣어 만드는 또 다른 나였다. 그녀는 쇳덩어리였고, 나는 거리를 두고 그녀 주위를 맴도는 인내력 대마왕 지남철이었다.

나는 유란이를 바라보거나 생각할 때만 살아있는 느낌이었다. 내가 쉬는 갑갑한 숨을 순간마다 확인하곤 했다. 가슴속에는 말랑말랑하고 탄성이 좋은 작은 고무공 하나가 쉼 없이 튕겼다. 유란만이, 내 가슴속 고무공을 원하는 대로 튕겼다. 그런 고무공이 유란의 손안에 들어갈 때가 있었다.

나는 유란과 이란성 쌍둥이라면 얼마나 좋을까를 생각했다. 나에게 쌍둥이 여동생이 있다는 걸 얼마 전에 알게 되었다. 외할아버지 제사 지내러 가서, 외할머니와 어머니가 소곤대는 말을 엿들었다. 외할머니는 길게 한숨을 내쉬고는 말했다.

"찢어지게 가난한 집으로 시집간 게 죄다. 제 속으로 난 새끼를 남 줘야 하는 가난이 죄다."

어머니는 외갓집에서 이란성 쌍둥이를 출산했다. 쌍둥이 여동생은 애 못 낳는 서울의 어느 부잣집으로 보내진 뒤 소식이 끊겼다.

유란에게 끌리는 감정 중 몇 프로는, 여동생에 대한 그리움이 포함돼 있다 믿었다. 쌍둥이 할아버지 구멍가게를 지날 때마다 유란과 서울의 어느 부잣집에 입양된 여동생이 겹쳐 떠올랐다. 나는 아무 의심도 받지 않고 주위를 의식하지 않고, 유란과 둘이 한 지붕 아래에서 같이 사는 날을 그려보았다. 측백나무 잎은 이 세상 것이 아닌 푸른 수탉 볏을 모아놓은 요술 부채 같았다. 구멍가게 쌍둥이 할아버지네 담을 따라 늘어선 측백나무가 나를 사로잡았다. 나와 유란을 한데 어우르는 측백나무 울타리를 만들고 싶었기 때문이다.

미봉산 그림자가 온 동네를 뒤덮었다. 풀을 베어 한 짐 되게 지게에 진 동네 아저씨들이 집으로 돌아가고 있었다. 담배를 피워 문 동네 아저씨들은 집으로 돌아가는 행성들이었다. 그들은 밭둑 논둑길 농로를 걸어 각자의 집 쪽으로 멀어졌다. 오른 검지와 중지 사이에 낀 담뱃불을 흔들며 점점 고개를 수그리고 걸었다.

　나는 상엿집을 의식하면서 집으로 걸었다. 똥산이가 학교 울타리를 돌아 나오는 걸 보았다. 여전히 머리에 보따리를 인 채 포대기에 싸 안은 아기를 연방 추슬러 올렸다.

　"애가, 애가, 우리 애가... ."

　똥산이 오른손은 아가의 등을 토닥거렸다. 유란네 기와집 대청마루 대들보에서 따 내려온 전깃줄 소켓의 전깃불이 또 다른 색실을 뽑아냈다. 내 눈앞에도 짧게 끊긴 채 꼬불거리는 금빛 실이 뭉텅이 져 바글거렸다.

　똥산이는 연거푸 포대기를 토닥거렸다. 그럴 때마다 배냇저고리에 싸인 아가에게서 살냄새 젖 냄새가 풍겨오는 것이었다. 그녀는 품에 안긴 아가에게 웃음을 선물하고 있었다. 나는 신작로 가로 비켜서서, 젖가슴을 풀어헤친 그녀가 더듬어가는 길을 먹먹하게 바라보았다.

4장

이 세상에서 아줌마처럼 행복한 사람은 더는 없을 거야
아줌마는 옛날을 잊었기 때문에 행복해?

## 개에 물린 자국

그녀는 개만 봐도 심한 경기를 일으켰다. 집에서 기르는 발바리 파래도 그녀를 깔보고 바락바락 짖어댔다. 대문을 오갈 때면 파래의 눈치를 봐가며 벽에 붙어 게걸음을 걸었다. 그녀는 동생 유경을 불러 파래 좀 잡아달라고 사정했다. 그럴 때마다 유경은 바들바들 떠는 언니의 충격이 얼마나 컸는지 짐작할 수 있었다.

그녀는 종로 큰이모 집에 놀러 갔었다. 사촌 언니와 윗방 마루에 앉아 통닭을 먹었다. 한 층이 높은 마루 밑에 누런 털이 억센 개가 누워 있었다. 그놈은 바닥에 턱주가리를 붙이고 귀를 세운 채 잠이 들었다. 닭 날개를 든 유란이 개에게 다가갔다. 머리를 쓰다듬고 닭 날개를 입에 물려줄 참이었다. 개는 슬며시 밤의 정육점 진열장 불을 켠 실눈을 떴다. 그녀가 줄에 묶인 개 앞으로 다가갔을 때였다. 별안간 벌떡 일어난 개는 그대로 달려들었다. 뒤로 벌러덩 넘어져 거친 파도에 휘감긴 그녀는 그 자리에서 까무러쳤다. 표독스러운 그놈은 그녀의 종아리를 물어뜯었다. 삽시간에 벌어진 일이었다. 사촌 언니가 달려들어 미친개와 유란을 떼어놓고는, 구급차를 불러 응급실로 직행했다. 정신이 든 유란은 붕대에 감긴 종아리를 보고는 다시 까무러쳤다. 허옇게 이를 드러낸 채 달려든 그놈이, 다시 아가리를 쳐 벌리고 달려들었기 때문이다.

그 일이 있기 전에 유란은, 누구보다 개를 좋아했다. 앞발을 잡고 악수를 했고 머리를 쓰다듬고 목을 긁어주고 뱃살을 간질였다. 그 일을 당한 뒤론 아무리 작은 개를 보더라도 소스라치곤 했다. 가늘게 몸을 떨고 설레설레 고개를 내젓게 되었다. 길에 나다니는 발바리 종[種] 강아지만 봐도 그 자리에 붙박여 꼼짝 못하는 진짜 겁쟁이가 됐다.

대범이 아저씨는, 새벽부터 동네를 돌아다니며 술 동냥을 일삼는 사람이었다. 주막에 달아놓은 외상값을 갚아주던 아줌마가 도망가고부터, 그에게 외상술을 주는 주막이 없어졌다. 대낮부터 고주망태가 된 그는 꼭 조미숙네 집으로 향했다. 미숙이네는 장꽝(장독대) 뒤에서 셰퍼드 한 쌍을 키웠다. 조미숙을 위해 건너 아는 대목[大木]을 들여 아버지 조 박사가 지어준 개집은 작은 한옥이었다. 방 두 칸에 온돌을 놓고 청기와까지 올렸다. 그것도 모자라 전통 방식으로 담까지 둘렀다. 대범이가 어깨높이의 돌담을 침범하지만 않는다면, 셰퍼드들은 독일 출신 양반 행세를 하며 살아갈 것이었다. 개들이 난리를 친다는 건 주정뱅이가 또 무단침입했다는 신호였다. 무작정 개집으로 기어든 대범은 곧 곯아떨어졌고, 개들은 절도 있고 우렁차게도 짖어댔다. 수시로 개집을 침범하는 대범이 때문에 개들도, 미숙이네 식구들도, 동네 사람들도 조용할 날이 없었다. 주정뱅이는 비몽사몽간에 셰퍼드 물그릇을 싹 비웠다. 잠이 깬 그는 간이 콩알만 해져 셰퍼드에게 쩔쩔맸다. 미숙이네 집 뒤꼍의 시누 대나무 울타리에 바람이 감기면 똬리를 푼 뱀들이 일제히 자기 몸에 감기는 것 같다고 소란을 피웠다.

어느 정도 술이 깬 그는 꼽추가 되었다. 애들에게도 앞으로 손을 모은 채 인사를 했고, 심지어는 길가의 강아지풀에도 깍듯이
"형님, 그간 강령하셨어유?"
예를 갖춰 공손히 인사를 드렸다. 조미숙 엄마가 초저녁부터 꼽추가 된 그를 지켜보면서 입을 열었다.
"허구한 날 술이 들어가면 대범이고, 술이 깨면 꼽추네그려. 조만간 술이 들어가도 도둑괭이고, 술이 깨면 불개미가 되겠구먼그려."
미숙이 엄마가 개집에 술을 잔뜩 갖다 놔도 그는 그곳의 술을 건드리지 못했다. 미숙이 아버지가 웃으면서 주정뱅이에게 물었다.
"대범이 자네. 진짜 대범하게 우리 집 쎄파트들이랑은 언제 호형호제하면서 술 한잔 기울이려는가?"
사람들은 아무렇지 않게 지나치는데 그녀는 그리하지 못했다. 개 짖는 소리만 들려도 진저리를 쳐댔다. 이불을 끌어다 몸에 친친 감고 휴지로 귀를 틀어막았다. 개 짖는 소리는 메아리 되어 울려 퍼졌다. 잘 펴진 투망이 내려와 그녀를 사로잡았다. 그녀의 벌렁거리는 가슴은 쉽싸리 진정되지 않았다. 어떤 기억이든 잊으려고 애쓸수록 더욱 생생하게 되살아나기 마련이었다. 물속의 설탕처럼 가만히 놔두면 저절로 녹아버릴 텐데 그녀의 마음은 얼음장이었다. 마음속에는 작은 연못 진흙탕 속에서 사는 가물치가 몸부림쳤다. 점점 덩치가 커지는 두려움이 상상을 잡아먹고 살았다.
남자애들 누구라도 유란을 함부로 대하지 못했다. 그녀가 눈을 흘기기라도 하는 날엔 뒷걸음쳐 도망치기에 바빴다. 구둣발에 걷어차여 무릎이 까지고 멍들고, 팔이 비틀려 꺾여 살려 달라고 애원하기 전에 도망가는 게 상책이었다. 그런 그녀가 유독 개에게만은 설설 긴다는 게

신기할 따름이었다. 그녀로부터 도망치는 애들은 냅다 개를 키우는 집으로 뛰어들었다. 그녀가 따라 들어올 수 없다는 걸 잘 알았다. 그녀는 약을 올려도 식식거리며 두 주먹을 불끈 쥐고는 멀찍이 떨어져서 부들부들 떨었다.

"아가리 하나 딸랑 쳐들고 덤비는 개가 뭐가 무섭냐?"

애들은 혀를 쏙 내밀고는 두 볼에 엄지손가락을 붙인 채 두 손바닥을 팔랑거렸다.

"똥산이를 봐라. 똥산이가 개를 무서워하더냐."

유란은 바짝 약이 올라 볼에 단풍을 물들였다.

똥산이는 지호네 사나운 암캐에게 오른 정강이를 물어뜯긴 적이 있었다. 암캐가 정강이를 물어뜯는데도 그녀는 모기에라도 물린 것처럼 별반 반응을 보이지 않았다. 제까짓 게 물어 뜯어봤자 별일이야 있겠어. 그녀는 자신을 물어뜯은 암캐에게 발길질 한번 하지 않았다. 뒤도 돌아보지 않고, 원래 절뚝거린 사람처럼 미봉산 골짜기로 올라갔다.

"무슨 일 있었냐?"

똥산이 뒷모습은, 무슨 일 있었냐고 물어도 금세 잊었다는 품새였다. 오른 다리를 절뚝거리는 그녀에게 아무도 달려가지 않았다. 사람들은 뒤에서 혀를 찰 뿐이었다. 은정 엄마 목소리가 가장 크게 들렸다.

"미친개한테 호되게 물렸응께, 미친 기운이 달아나지 않았을까?"

내기 장기의 달인 은정 아버지가 바로 맞받아쳤다.

"에끼, 이 여편네야. 그 달아난 기운 달라붙기 전에 입이나 닥치고 있게!"

똥산이는 한동안 미봉산에서 나오지 않았다. 걱정된 유란과 나는, 미봉산 돌무지로 그녀를 찾아갔다. 유란의 어깨를 툭툭 치면서 내가 제안했다.

"내가 땅꾼한테 뱀 잡은 돈 받아내서 아이스 께끼 네 개 사 줄 테니, 네가 똥산 아줌마 데리고 미숙이네 셰파트 집에 가서 나눠 먹는 거 어때?"

유란이가 재깍 가재눈을 뜨고는 나를 째려봤다.

"쎄파트가 순종 진돗개랑 싸우면 막상막하라잖아. 쎄파트들이랑 친해지면 나머지 개들은 아무것도 아니게 되잖을까? 내가 미숙이한테 말해볼까?"

어깨를 잔뜩 오므린 유란의 겁먹은 눈이, 내 눈을 마주 보았다. 나는 개 눈의 야광 빛보다 강렬한 레이저 광선을 뿜어내려고 주먹을 움켜쥔 채 눈에 힘을 실었다. 유란의 토실한 볼에 보조개가 패었다.

"야, 너, 그러다 동태눈 튀어나오겠다."

나는 눈을 비비고는 유란의 말을 받았다.

"미숙네 암컷 쎄파트 새끼 뱄다잖아. 새끼 낳으면 한 쌍 얻어다 네가 키워보는 거 어때? 미숙이가 나를 겁나게 좋아하는 거 너도 알지? 아마도 내가 달라면 눈 뜨자마자 갖다 바칠걸."

내 말이 끝나기도 전에 휙 돌아선 유란은, 두 손을 얼굴에 포갠 채 길이 잘든 울음 시동을 걸었다. 난감해진 나는 바닥의 흙을 고르고는 신발을 빗있다. 엄지발가락으로 '내가 넌 더 좋아해'를 쓰고 지우기를 반복했다.

## 우리의 경계

무수히 떡메를 맞은 자리에
엄청난 둔부 하나가 새겨졌다

벌과 집게벌레가 들어와
서로를 건드리지 않고
살아가고 있다, 무언가를
열심히 빨아먹고 있다

저긴,
그들만의 천당이다

누군가에게
내 상처가 천당이 될 수 있기를

내가 흘리는 진물을
빨아먹고 사는 광기들!

---

* 시, 「늙은 참나무 앞에 서서」 전문

다시,
열매들이 익어가고 있다
누군가 떡메를 메고 와
열매들을 털어가기를
더 넓게 더 깊게
상처를 덧내주기를

누군가에게 가는 길,
문을 여는 방법,
그것밖에 없음을*

　아름드리 참나무에는 떡메를 맞은 자국이 있었다. 상수리를 털기 위해 떡메를 친 자국이었다. 그곳에서 왕텡이(말벌)와 집게벌레가 참나무 진을 빨아먹었다. 대빗자루로 후려쳐 왕텡이를 때려잡는 일은 내가 맡은 임무였다. 뒤꼍의 장독대 옆에 양봉 통 여섯 개를 놓았는데 왕텡이가 벌통을 습격하는 일이 잦았다. 벌통을 보호하기 위해 왕텡이를 잡는 것이었다. 정확히 말해 벌꿀을 빼앗기지 않기 위해서였다. 왕텡이에게 쏘이는 날엔 머리가 두 동강 난다고 했다. 혈관을 쏘이면 바로 출발하는 천국행 열차에 올라탄다는 것이었다.
　암소에게 풀을 뜯기면서 미봉산 골짜기로 향했다. 암소에게 길가의 억새를 뜯겼다. 뱀이 나오지 않을까, 근처에 벌집이 있지 않을까, 신경이 곤두섰다. 미봉산에는 독사가 우글거렸다. 왕텡이는 나뭇가지나 땅속에 집을 지었다. 자칫하다가는 뱀에게 물리거나 벌에 쏘일 위험이 도사리고 있었다. 또한 벌레에게 물리고 쏘일 위험도 있었다. 암소는 독사에게 물려도 죽지 않는다고 했다. 고삐를 쥐고 암소가 가는 대로 따라가면 되었다. 참매미가 오리나무에 붙어 울었다. 개금은 아직 설익어 껍질이 희었다. 깨물면 풋내만 나고 알맹이는 들기 전이었다. 개금나무 열매가 고소하게 익으려면 단풍 드는 가을은 되어야 했다.

암소는 똥을 싸면서 동시에 오줌까지 지렸다. 똥오줌을 방출하면서도 억새를 뜯고 꼬리를 내둘러 파리를 쫓았다. 잠시 앉아 쉬고 싶어도 암소는 나를 끌고 다른 억새 숲으로 옮겨갔다. 억새를 뜯는데도 용케 입을 베이지 않았다. 침 거품이 입가로 밀려 나왔다. 외양간에서부터 파리들이 따라붙었다. 암소 가죽에 붙어 뭔가를 빨았다. 암소는 쉼 없이 꼬리로도 머리로도 파리를 내쫓았다. 꼬리와 머리가 닿지 않는 가죽에 파리가 붙으면 그 부분만 파동을 일으켜 쫓아냈다. 신기해 따라 해 보았지만, 마음대로 되지 않았다. 모기가 물었을 때 힘을 줘 사로잡은 적은 있었지만, 파리가 앉은 부분의 피부를 흔들어 쫓아낼 수는 없었다. 내 몸도 내 마음대로 움직일 수 없었다. 워낭 소리가 골짜기를 울렸다.

어느새 허물어진 성곽 아래 초소에 도착했다. 예비군 훈련을 받은 아저씨들이 만취해 미봉산을 내려갈 때, 빈 도시락 안 숟가락 젓가락이 부딪는 소리 들려오는 듯했다. 오리나무 아래 암소의 고삐를 맸다. 찬물이 담긴 소(沼)에 가서 멱을 감고 싶었다. 깔다귀(깔다구)들이 끝내 뭉쳐지지 않는 실몽당이로 허공을 옮겨 다녔다. 언젠가 깔다귀를 낚아채려고 두 팔을 내두르는 똥산이를 보았다. 그녀는 깔다귀 무리를 쫓다 그만 둠벙에 빠져 허우적거렸다. 그러면서도 신이 나 웃고 난리였다.

소(沼)로 간 나는 이끼 낀 펑퍼진 돌을 깔고 앉았다. 온몸을 엄습해 들어온 서늘함에 순간 심장이 옥죄는 느낌이었다. 돌을 들어내면 가재들이 흙탕물을 일으키고 다른 돌 밑으로 기어들었다. 암소도 똥 딱지가 붙어 너저분해진 궁둥이를 붙이고 앉았다. 눈을 깜박거려 눈가에 붙는 파리를 내쫓았다. 암소는 아귀 새김하고 오리나무 잎이 흔들려 햇빛을 반사한 누군가의 거울 빛이 바닥에 내둘러졌다.

갑자기 골짜기 비탈에서 잔돌이 굴러내렸다. 굴참나무 잎사귀들이 소란을 피웠다. 벌떡 일어나 비탈을 바라보았다. 똥산이가 양팔을 휘두르며 뛰어 내려왔다.

"아아아아... ."

그녀는 잔뜩 겁에 질린 얼굴이었다. 돌발사태가 일어난 게 분명했다. 그녀는 눈 깜짝할 사이에 산비탈을 내려와서는 냇물을 건너뛰어 반대편 골짜기로 내달렸다. 그녀가 지르는 비명이 산비탈을 지나 저편 산 아래로 길게 이어졌다. 그녀는 어쩌다 발작을 일으키곤 했다. 그녀가 발작을 일으키는 날에는 동네 사람들은 서둘러 대문을 걸어 잠갔다. 그녀는 눈이 뒤집히면 괴물이 되었다. 벌거벗은 몸으로 동네 곳곳을 종횡무진 뛰어다녔다. 그럴 땐 아무렇게나 뛰기 국가대표 선수였다. 종일 뛰어다녀도 지치지 않았다. 어떤 날에는 십 년쯤 된 소나무를 맨손으로 뿌리째 캐서 줄줄이 넘어뜨렸다. 그런 날에는 어김없이 손톱이 빠지고 피가 흘렀다. 허옇게 드러난 손가락뼈들이 시리게 웃는 그녀를 위로하기 위해 몇 개의 치아로 웃는 듯이 보였다. 그녀는 비누 거품을 입에 문 채 정신없이 뛰어다녔다.

저물 무렵에 동네로 돌아온 그녀 얼굴은 부어올라 누군지 알아볼 수 없었다. 그녀의 눈은 부기浮氣 때문에 거의 감긴 상태였다. 목과 머리도 부어올라 탱탱했다. 그녀는 익어 터지기 직전의 풍선 토마토랑 한가지였다. 왕텡이를 여러 방 쏘인 모양이었다. 작년 가을에 아버지도 왕텡이에 쏘여 얼굴이 탱탱 부어올라 밖에 나가지 못했다. 아버지는 그때

대갈통이 쩌억 하고 쪼개질 것 같다고 엄살을 피웠다. 된장을 바른 머리에 급한 대로 어머니의 앞치마를 찢은 헝겊을 싸매고 며칠을 앓아누웠다. 아버지는 그녀를 집 안으로 데리고 들어왔다. 똥산이 머리에 박힌 왕텡이 침을 빼낸 다음 머리에 된장을 바르고 광목천을 찢어 싸맸다. 그녀의 몸은 엿을 곤 방바닥이고 불붙기 직전까지 우그러들며 슬금슬금 타들어 가는 장판이었다.

"아주머니, 며칠 죽어날 텐데 어쩐대유. 별스런 방법이 없는데 어쩌겠유."

한 손으로 코를 틀어쥔 아버지는, 그녀를 향해 연신 손부채질하면서 입을 열었다.

"두툼하게 이불 깔아놀 텐께유, 오늘 밤일랑은 우리 집 골방에서 자고 가는 게 좋겠어유."

그녀는 가빠오는 숨을 쉬는 것만으로도 버거워 보였다. 금방 머리가 어찌 된다고 엄살이었지만, 아버지 머리는 쪼개지기는커녕 얼마 지나지 않아 원래대로 돌아왔다. 한결 몸도 가볍고 밥맛도 좋아졌다고 웃어넘겼다.

똥산이 소식을 전해 들은 유란이가 달려왔다. 마중물을 붓고 한참 펌프질 우물물을 퍼냈다. 찬물에 수건을 적신 유란이 먼저 골방으로 들어갔다. 양동이에 찬물 반절을 채워 든 나도 따라갔다. 골방 문안으로 들어서려는 찰라였다. 나는 질겁하고 말았다. 할아버지 할머니와 서울 고모를 따라나선 동물원 여우 우리 앞에서처럼, 지독한 냄새에 코를 꿰인 것이다. 그런데 그때 맡은 여우 냄새와는 급이 달랐다. 1밀리라도 더 다가갔다면 바로 기절했을 것이다. 내가 맡은 최고의 악취는 한여름 돼지 피 썩는 냄새였다. 도랑에서 돼지를 잡고 피를 버렸는데 지옥의 냄새가 따로 없었다. 지독한 냄새로 영역의 경계를 표시하는 야생동물에게 더는 다가갈 수 없었다. 나는 등을 돌린 채 유란이 들으라고 찬찬히 말했다.

"여기 찬물 떠다 났다. 필요하면 갖다 써라."

내 말이 끝나기 무섭게 유란이 수건을 집어 던졌다.

"어서 빨아줘. 어서어서."

더듬더듬 수건을 집어 든 나는 등 뒤로 두 손을 들리고 수건을 빨았다. 이렇게 수건을 빨다 손이 썩는 건 아닐까, 걱정이 되었다. 맨날 방바닥에 누워 책을 읽는 유란은, 축농증이 점점 심해져 지금은 아예 냄새를 못 맡는 효과를 보는 모양이었다. 유란은, 불이 난 똥산 아줌마의 몸 구석구석을 닦아냈다. 적어도 앞으로 한 달간은 아줌마의 악취가 밴 골방에는 들어가지 못할 것이었다. 유란의 몸에도 지독한 냄새가 배는 건 아닐까, 걱정이 되었다. 골방에 들어간 수건은 금방 되돌아나왔다.

"야 김기덕. 어서어서 안 빨아 넣냐."

그녀의 재촉에 나는 옜다 모르겠다, 하는 심정이었다. 수건을 빤 물은 방앗간 뒤편 고랑에 늘 그만큼 고여있는 폐유 같았다. 봄가을 꽂게철 밤이면 어른들은 그 폐유를 됫병에 담아 횃불을 켜 들고 썰물의 바다로 내려갔다. 유란의 독촉하는 목소리가 또 들렸다. 잠깐만을 외친 뒤 양동이 폐유를 들고 갱고랑(개골창)에 버린 나는, 다시 마중물을 붓고 펌프질로 우물물을 퍼 올렸다 차가운 지하수가 올리의 우물펌프 주둥이와 몸통에 물방울이 돋았다. 찬물을 담은 양동이를 들고 골방 앞으로 다가갔다. 그러고는 유란이 던진 수건을 빨아 골방으로 돌려보냈다.

## 조포사

미봉리<sup>美峯里</sup> 장터에 삼거리가 있었다. 애들은 삼거리를 거치지 않고는 등하교할 수 없었다. 삼거리 떡방앗간 담장 바깥부터 무진장 솔숲이 우거진 밀양 박 씨네 종중 무덤이었다. 미봉리에는 조포사(조물주도 포기한 사람)로 유명한 양아치 중학생 삼총사가 살았다.

어느 날 조포사 무리는 삽과 곡괭이 톱을 준비해 놓고 삼거리를 지나는 애들을 솔숲으로 불러올렸다. 학교를 땡땡이친 조포사에게 붙들린 애들은 솔숲 언덕 첫 자락, 토굴 파는 작업에 투입되었다. 굴착 후 지주목 설치까지 한 달 남짓 걸렸다. 굴 안에는 칡넝쿨로 엮어 만든 대나무 침대와 유란네 뒤꼍에 내놓은 걸 쌔벼 왔지 싶은 응접세트와 유럽풍 진열장까지 구비돼 있었다.

애들은 토굴 입구 평지에 링 설치 작업에 또 동원되었다. 돌을 고르고 흙을 다져 평지를 만들었다. 그런 다음 사각에 밤나무 기둥을 세웠다. 어디서 구해 왔는지, 양아치 조포사들은 기둥에 세 가닥 동아줄을 둘러쳤다. 그것으로 권투 가설 링이 완성된 거였다.

토굴 입구를 제외한 나머지 세 방면에 계단식 관중석을 만들었다. 조포사들은 집에서 준비해 온 목장갑을 끼고 개관식 테이프를 끊었다.

읍내 체육사에 몰려가 소란스러운 틈을 타 슬쩍 쌔벼 왔다는 글러브는 얇은 비닐로 만들어진 입문용이었다. 4, 5학년 애들이 오픈 게임을 하고, 6학년 애들이 토너먼트 방식으로 챔피언을 가리게 되었다. 선수들은 서늘한 토굴 안에서 대기했다. 장내 아나운서가 선수를 소개하면 쉰내 나는 수건을 목에 두른 채 잽싸게 링에 올라 몸을 풀었다. 경기는 한 사람이 KO 시킬 때까지 쉬지 않고 진행되었다. 코피를 흘리고 그만하겠다고 링에서 내려와도 소용이 없었다. 개중에는 링을 내려와 도망가는 애도 있었다. 글러브를 낀 채 도망간 애는 얼마 가지 못해 잡혀 와서는, 경기가 끝날 때까지 지푸라기를 손에 감은 채 샌드백을 치거나 엎드려뻗쳐 자세로 한쪽 팔과 다리를 들고 있어야 했다.

승철, 성환, 익태에게 감히 도전장을 내미는 사람은 없었다. 그들은 반칙 복싱의 공동 창시자였다. 주먹으로 하다 안 되겠다 싶으면 발차기는 기본이었다. 어느 순간, 붕 떠올라 팔꿈치로 등짝을 찍어 길바닥에 내려친 깨구락지로 만들거나 얼굴에 박치기를 날리거나 광견병 걸린 개처럼 달려들어 물어뜯는 건 예사였다. 목검과 쌍절곤과 팽나무 봉을 마구잡이로 휘둘러 꿇어앉을 때까지 가격하기도 했다. 경기는 모두 일방적으로 끝이 났다. 그들은 도망 다니기 급급한 샌드백을 마음대로 치받았다. 관중들은 모두 박수부대였다. 찌그러진 양동이와 냄비를 두드리는 소리에 맞춰 열나게 손뼉을 치다 자리에서 일어났다. 일본원숭이 조잡한 해골을 미송 판에 새겨 붙인 챔피언 벨트 주인은 바뀐 적이 없었다.

"이렇게도 대적할 선수가 없단 말인가?"

더는 조포사에게 도전할 적수가 없었다. 그들은 읍내 권투체육관에 나갔다. 체육관에 낸 관비보다 많은 권투용품을 쌔벼 와 진열장을 채

왔다.

"우리가 똥산이를 훈련시켜 도전하게 만들면 어떨까?"

조포사 성환의 말을 조포사 승철이 얼른 거들고 나섰다.

"그래, 그거 기똥찬 발상이다. 판이 커지겠는걸. 입장료 수입도 짭짤하게 올릴 수 있고 말이야."

양아치 조포사들은, 똥산이를 어떻게 섭외해 올지 어떻게 훈련 시킬지 방법을 모의하였다. 하지만 그들 머리는 셋을 합쳐야 보통 사람 하나 몫도 해내기 버거운 실정이었다.

호두나무집에 혼자 사는 영감은 '보통 할아버지'로 불렸다. 그는 동네 사람을 만나면 중얼거렸다.

"어딜 봐서 내가 보통인 것 같아. 내가 보통 사람 같으냐구."

운 좋게 부잣집에서 태어난 그는 일찍이 일본 유학을 다녀와 서울의 한 여고에서 교편을 잡았다. 제자와 눈이 맞아 결혼한 그는 아들 둘을 낳고 행복한 시절을 보냈다. 그러던 중 전쟁이 터져 미처 피란 못 간 처가가 풍비박산이 나는 변고를 겪었다. 총독부 고위 관료 출신인 장인은 물론 장모에 처남 셋까지, 인민재판에서 즉결 총살형을 당했다. 그와 부인은 가까스로 피신했지만, 온전한 정신으로 살아갈 수는 없었다. 말년에 고향을 찾은 그는 여전히 장인이 앞장서서 팔아먹은 조선의 개국 1등 공신 정**의 후손이었고 대대로 학식이 높고 부를 누리고 산 양반 집안 명석한 두뇌의 소유자이면서 인물 훤칠한 도령이었다. 그는 보통 사람이 아닌 자신을 몰라봐 주는 우매한 동네 사람을 깔보고 조롱하는 낙으로 살았다. 분통이 터진 그는 주막에 내려가 외상 술로 된통 취해서는, 가시덤불을 헤치듯 개구리헤엄을 치듯 양손을 내밀어 허공을 헤치면서 걸었다. 들깨를 털고 끝물 고추를 따는 이웃 부부 들으라고 고함을 쳤다.

"내가 보통인 줄 아나 보지. 미치겠네. 내가 아직도 보통으로 보이나 보지. 미친놈들. 내가 정말, 미치고 팔짝 뛰겠네."

보통 할아버지가 가시덤불을 헤치고 개구리헤엄을 쳐서 와송$^{瓦松}$밭이 되고 만 비 새는 기와지붕, 혼자 사는 큰 집으로 행차하고 있었다. 주인의 목소리 들려오자 개는 크게 화답했다. 메아리 되어 돌아오는 제가 짖는 소리에 놀란 개는 기를 쓰고 더 크게 짖었다.

"동네 완전 개판 오 분 전이네."

모르는 게 없는 조 박사의 맏아들이면서, 싹수 노랗고 싹 바가지 없는 조포사 무리에 끼어 썩기는 아까운 인물인 조승철이 어이없어하며 뱉어낸 말이었다.

# 개울물

 개울물 징검다리 앞에 똥산이가 보였다. 그녀는 개울물 빨랫돌에 철퍼덕 앉아 있었다. 족제비싸리가 개울가에 줄지어 자랐다. 지호와 나는 동시에 입을 다물고 걸음을 멈추었다. 누구 하나가 앞서가야 하는 좁다란 길이었다. 똥산에게서 지독한 냄새가 풍겨왔다. 그녀에게서 5, 6미터는 떨어져 있어야 냄새가 나지 않았다. 그녀와 마주칠 때면 전에 맡은 악취까지 더해진 고약한 냄새 때문에 전신마취 상태가 되었다. 나는 지호의 얼굴을 힐끔 돌아보고 알았다.
 그녀를 비껴갈 방법은 딱 한 가지였다. 왔던 길로 돌아가 미봉교$^{美峰}$$^{橋}$를 건너는 방법이 유일했다. 계속 골이 지끈거리는 냄새의 경계에 머물 수도, 그렇다고 되돌아갈 수도 없는 노릇이었다. 우리는 바다에 가서 망둥이 낚시를 할 참이었다. 시누 대나무 낚싯대로 바닥을 두드리며 묘안을 찾았다.
 그때 유란이 족제비싸리로 가려진 징검다리에서 일어났다. 유란과 그녀가 무엇을 하는지 궁금해진 나는 지호를 세워둔 채 개울둑으로 허리 굽혀 걸었다. 똥산은 빨랫돌에 앉아 개울물에 발을 담갔다. 유란은 그녀의 발을 씻겼다. 간지러운 그녀는 몸을 비비 꼬고 연방 고개를 틀면

서 웃어댔다.

"가만히 있어봐. 깨끗하게 닦으면 걸어 다닐 때 훨씬 기분이 좋아질 거야."

유란은 고운 모래를 묻혀 그녀의 발을 씻겼다. 그녀의 발이 빨갛게 무르익었다.

"아줌마는 왜, 매일 웃고 다녀? 사람들은 가끔 웃는데, 아줌마는 매일 웃으니까 이상하잖아. 이 세상에서 아줌마처럼 행복한 사람은 더는 없을 거야. 아줌마는 옛날을 잊었기 때문에 행복해? 아줌마에게는 매일 같은 날만 계속돼서 행복해? 기차를 타고 가다 보면 창밖 풍경이 휙휙 지나가잖아. 아줌마에게는 그런 풍경이 아무런 의미가 없는 거야. 아줌마는 어디로 가는지 자신만이 알고 있는 사람 같아. 그곳에 가면 누군가가 아줌마를 기다리고 있는 거야. 그곳에서는 어떤 날들이 펼쳐질까. 아줌마는 그곳에서 펼쳐질 행복한 일들을 상상하고 있는 거야. 사람들은 아줌마를 미쳤다고 하는데 나는 아줌마가 정말 미친 게 아니라는 생각이 들어. 아줌마가 미친 게 아니라, 사람들이 미친 게 아닌가 생각하게 돼. 아줌마는 정말 미친 게 아니라, 미친 척하며 사람들과는 다르게 사는 게 아닐까."

유란은 하던 말을 잠시 멈추고 개울 건너편으로 걸어갔다. 족제비싸리 나뭇가지를 휘어 끈적거리는 꼭대기 순을 한 움큼 땄다. 유란은 그녀 발톱마다 족제비싸리 매니큐어를 칠했다. 그녀는, 불룩한 배에 보따리를 끌어안고 웃었다. 족제비싸리 매니큐어는 일아 시나시 않아 투명하게 말랐다. 그녀 손에는 빵 봉지가 쥐어 있었다. 유란이가 학교에서 받아온 급식 빵이 분명해 보였다.

"우리 아빠도 그렇고 새엄마라는 사람도 그래. 아주 가끔, 그것도 잠깐만 웃곤 해. 그런데 아줌마는 언제나 웃음을 그치지 않지. 사람들은 욕심이 많기 때문일까. 자기가 마음먹은 대로 되지 않아 점점 웃음을 잃어버렸을까. 아줌마를 보면 행복한 시절로 돌아갈 수 있어 좋았어. 서울 살 때는 아빠가 하는 일이 잘 풀려 가족이 행복했는데, 이제는 행복한 모습을 잃어버렸어. 아줌마는 지난날이 불행했을 텐데도, 그리고 앞으로 더 불행할 텐데도, 어째서 현재가 행복한지 그 이유를 잘 모르겠어. 사람들은 그 이유를 알려고도 하지 않잖아."

유란은 그녀의 발톱에 매니큐어를 덧칠하였다. 그러고는 그녀 왼손을 잡고 물에 담갔다. 그녀 손을 모래로 문질러 닦은 유란은, 머리핀을 끌러 그녀의 새로 나온 손톱 밑에 낀 때를 파냈다.

"아줌마는 기억이 하나도 안 나? 어디에서 태어나고 자랐는지? 그동안 어떤 일이 있었는지? 멸시와 비웃음과 투명 인간 취급당하는 이곳을 왜 떠나지 못하는지? 오래 잊고 산 아줌마 이름이 뭐였는지?"

냇물 바닥까지 가라앉은 햇볕이 수면의 물 주름까지 흔들어 쳐내고 있었다. 구겨지는 개울물 이랑과 고랑에서 금모랫빛을 일어내는 유란의 애잔한 목소리가 이어졌다. 지호는 그만 돌아가자고 자꾸 보챘다. 내 옆구리에 팔꿈치를 대고는 뭉툭한 원뿔형 정을 먹였다.

"아줌마의 변함없는 웃음은 어디서 오는지 궁금해. 나도 행복한 시절만 기억할 수 있다면 언제나 아줌마처럼 웃을 수 있을까? 그런데 나에게는 그럴 만한 용기가 없어. 그만큼 믿음이 부족한지도 모르겠고."

유란은 새로 자란 그녀의 울퉁불퉁한 손톱에도 족제비싸리 매니큐어를 흥건히 칠했다. 그녀는 개울물을 쳐다보면서 한갓지게 웃음을 흘려보냈다.

"아줌마, 아줌마는 왜 포대기를 두르고 다녀? 왜 보따리를 이고 다녀? 아줌마는 그것만 있으면 언제나 행복해져? 그것만 있으면 언제나 웃음이 나오는 거야? 거기에서 무한정 웃음이 나오는 거야?"

　한쪽 어깨씩 오므려 닦아내는 눈물은 팔뚝으로 잘 닦이지 않았다. 유란은 똥산 아줌마 얼굴을 씻기고, 자기 얼굴에 개울물을 두 손으로 퍼 올렸다.

　저만치 청둥오리 두 마리가 개울물을 다리며 조금씩 폭이 넓어지는 하류로 떠내려갔다. 개울물 깊이 거꾸로 박혔던 미봉산 봉우리가 유란의 물질에 허물렸다. 유란은 개울물에 머리를 담근 채 두 팔을 날개처럼 펼쳤다. 그러고는 머리를 내둘러 감았다.

# 건빵

　운동회가 끝나고 집에 돌아가는 길이었다. 꼬랑지에 먼지 발생기를 단 트럭이 달려왔다. 먼지를 먹기 싫은 애들은 신작로 가에 바짝 붙어 등을 돌렸다. 하지만 나는 옆구리에 공책 아홉 권을 끼고 달렸다. 애들은 먼지 속을 달리는 기분을 알 리 없었다. 숨을 참고 달리면 찻길 끝으로 빨려들어 미지의 세계로 직행할 수 있었다. 트럭이 앞서가자 눈 감고 입 다물고 신작로를 내달렸다. 상상 속의 길을 달리는 것이었다. 그러나 넌덜머리 나는 동네를 떠날 수 있는 시간은 몇 초밖에 주어지지 않았다. 뿌옇게 먼지가 흩어져 날았다. 트럭은 저만치 앞서 달렸다. 학교를 돌면서 건빵을 배달하는 트럭이었다. 길에 난 웅덩이를 무시하고 달리던 트럭 짐칸이 튀어 오르더니 건빵 부대가 찻길에 떨어지는 것이었다. 운전수는 떨어진 건빵 부대를 알아채지 못하고 굽잇길을 돌았다. 종이 부대가 찢기고 건빵이 바닥에 흩어졌다. 애들이 건빵 부대를 못 봤을 리 없었다. 찢긴 종이 부대에 흩어진 건빵을 쓸어 담은 나는, 뒤따르는 애들을 줄줄이 달고 뛰었다. 박승혁이 숨 가쁜 소리로 악을 써댔다.

　"너 그(거)기 안 스(서)냐. 그기 안 슬 겨! 너 잡히면 바로 뒈진다!"

6학년 애들도 추격자 무리에 껴 있었다. 내가 네놈들한테 잡히면 사람도 아니지. 나는 아줌마가 방심한 사이 부뚜막에 놔둔 고깃덩이를 냉큼 물고 줄행랑치는 미숙이네 집 안에서 키우는 조막만 한 개를 보고 짖어대던 묶인 동네 개들을 보았다. 뒤쫓는 애들 목소리만 듣고도 나는 추격자를 파악할 수 있었다. 뒤돌아보는 순간 몇 발짝은 손해 보는 거라고, 육상부 코치 담임이 누차 강조했었다.

"김기덱, 그기 안 슬 겨!"

애들도 이를 악물고 뛰기는 마찬가지였다. 머리 위로 건빵 부대를 들어 올린 나는 허리까지 차는 개울물을 건넜다. 그러고는 미봉산으로 방향을 틀어 뛰었다. 내가 애들을 이길 수 있는 건 오래달리기뿐이었다. 앞만 보고 달리다 비탈에서 쫄딱 미끄러질 뻔했지만, 무사히 미봉산 골짜기로 접어들었다. 애들이 하나둘 떨어져 나갔다. 끝내 미련을 못 버린 찰거머리는 박승혁 황인수 이경로 김용재 조미숙 그렇게 다섯 놈이었다.

"야이이, 훌러덩 까진 개*같은 새끼야. 거기 안 슬 겨!"

그 다섯 놈도 미봉산 중턱에서 녹초가 되었다. 그래서 입으로 똥만 싸대고 있었다. 놈들의 마지막 추격 의지까지 따돌린 나는 미봉산 정상에 기어오를 수 있었다. 곧 머리에 불이 붙을 것 같고 지독한 가뭄의 개울 바닥처럼 목이 타들어 갔다. 건빵 부대를 끌어안고 드러누웠는데 심장의 벌렁거림은 한동안 멈추질 않았다.

놈들은 더 미련이 남았는지 돌아가지 않았디. 이시 내러오라고 손짓했다. 나도 너희들이 올라오라고 손짓했다. 놈들은 오른손 주먹을 왼손바닥으로 훑었다. 나는 왼손 주먹을 오른손바닥으로 훑었다. 이경로는 오른발을 들고는 양 손바닥으로 훑다가 뒤로 훌렁 넘어져 굴렀다. 놈은 명감나무, 아카시아, 찔레 가시에 물어뜯겨 고통에 찬 비명을 질렀다.

놈들은 미봉산 정상을 향해 돌을 집어던졌다. 놈들이 던지는 돌은 어림도 없는 거리에서 떨어졌다. 나도 놈들을 향해 잔돌을 한 주먹씩 집어던졌다. 놈들은 내가 쏜 엽총 산탄을 피하느라 정신이 없었다. 힘이 빠진 놈들은 돌이 날아올까 봐 수시로 뒤돌아보면서 미봉산을 내려갔다. 뒤에 처진 조미숙이 마지막까지 악다구니를 썼다.

"혼자 실컷 처먹고, 거기서 배 터져 뒈져라. 누룩저지(똥돼지) 발발이 똥개 미친 개새끼야!"

나도 지지 않고 약을 올렸다.

"그래, 고맙다. 혼자 맛있게 먹을게. 인생 패배자, 괴물 똥돼지야. 더럽게 침만 질질 흘리는 못생긴 배불뚝이 미친 마귀야."

나는 돌아보는 애들을 향해 손을 흔들었다. 어둠이 밀려오고 무덤들의 윤곽이 도드라졌다. 건빵 부대를 둘러멘 나는 하산하고 있었다. 서늘한 바람이 몰려오고 물소리가 정적을 깨웠다. 오랫동안 물을 마시지 못해 목이 타들어 갔다. 하지만, 놈들이 매복해 있을지도 몰랐다. 언제 어디서 놈들에게 기습당할지 몰라 경계를 풀지 못했다.

물 먹으러 다가가는 소(沼)에 시커먼 물체가 보였다. 가만히 지켜보니 머리가 헝클어진 똥산이었다. 그녀는 네발짐승처럼 엎드려 꼼짝하지 않았다. 그런 자세로 무엇을 하는지 숨도 안 쉬는 것 같았다. 소쩍새와 멧비둘기가 골짜기를 사이에 두고 울어 쌨다. 소리 죽여 한 발짝씩 내딛던 나는 소스라쳤다. 그녀가 갑자기 발라당 돌아누웠기 때문이다. 그녀 입에서 외줄기 물이 분출했다. 그녀의 배는 늙은 호박만은 하게 불렀다.

나는 뒤로 넘어질 뻔한 자세를 바로잡고 놀란 가슴을 쓸어내렸다. 건빵 부대 아가리가 벌어져 건빵이 흘러나왔다. 하지만 건빵을 쓸어 담을 겨를이 없었다. 똥산이가 내 존재를 알아차린 것이다. 벌떡 일어난 그녀가 내게로 거침없이 다가왔다. 코를 틀어쥔 나는, 고약한 냄새의 위세에 밀려날 수밖에 없었다.

그녀가 산길에 흩어진 건빵을 줍기 시작했다. 하늘만 보고 산 그녀는 시력이 좋았다. 그녀 입은 다섯 개 손은 열 개가 넘는 것 같았다. 순식간에 건빵이 입으로 빨려들었다. 찢긴 건빵 부대를 수습한 나는 된똥이 빠지게 뛰었다. 입이 다섯인 그녀의 거친 숨소리가 들렸다. 열 개가 넘는 손으로 나를 잡으러 바짝 뒤따르는 그녀는 초능력자였다.

"내놔."

그녀의 다섯 개가 넘는 입이 한꺼번에 같은 말을 발사하며 뒤따랐다.

"내놔, 내놔, 내놔… ."

내가 정확히 알아들은, 그녀의 몇 안 되는 말이었다.

# 임신

똥산이에게 애가 들어섰다는 소문이 파다했다. 물론 애 아비로 지목된 사람은 만득이었다. 불룩해진 그녀 배를 한눈에도 알아볼 수 있었다. 들일하고 참을 먹고 있으면, 그녀는 슬금슬금 다가가 부리나케 음식을 집어 욱여넣었다. 전 같으면 상상하기 조차 어려운 행동이었다. 음식을 다 욱여넣는 그녀 얼굴에서 웃음기가 싹 가셨다.

"애가 들어선 게 분명해. 애 때문에라도 정신이 돌아왔으면 좋겠는데 말이야."

어른들 눈에 비친 그녀는 언제나 처량한 신세였다. 사람들은 자기 자신을 기준으로 사람을 평가하는 그릇된 버릇이 있었다.

"애를 낳으면 어쩌겠나. 애를 낳고도 또 쫓겨날 텐데. 불쌍한 것 같으니라고."

어른들은 그녀가 측은해 혀를 차면서 스스로 위로받는 눈치였다.

"정신이나 똑발라야지 원. 저런 몸으로 애를 낳으면, 제대로 된 애를 낳을 수 있을지 원. 태어날 애는 또 뭔 죄가 말이여."

그녀는 순식간에 달려들어 음식을 거덜 내었다. 자기 밥그릇을 차지한 사람은 빼앗길 걱정 없이 고봉밥을 깡그리 비웠다. 밥그릇에 숭늉을 부어 설거지하듯 찬찬히 헹궈 마시고, '아, 구수름하다.'는 여유 소리를 냈다. 어른들은 뒷전으로 물러나 그녀를 지켜보면서 혀를 차기 일쑤였다.

동네에서는 부엌 솥 안과 찬장에 놔둔 밥과 찬이 없어지곤 했다. 어른들은 모두가 그녀의 소행이라고 단정 지었다. 그녀가 애를 갖기 전에는 당최 없던 일이었다.

만득이 어머니가 사람 눈을 피해 미봉산 골짜기에 나타나곤 했다. 그녀에게 먹일 밥과 찬을 찬합에 담아오는 것이었다. 그녀의 몸은 나날이 불어나 뚱보가 되어가고 있었다. 불룩한 배를 앞세우고 걸어 다녔다. 그녀는 더 이상 우리가 봐왔던 날쌘돌이 똥산이가 아니었다. 불러온 배 턱에 보따리를 걸친 그녀는 세상 급한 것 없는 거만한 느림보였다.

짓궂은 애들은 코를 틀어막고 뒷걸음질 쳐서는 그녀 앞으로 다가갔다. 그러고는 불룩한 배를 살살 문지르곤 했다. 어떤 애는 그녀 배에 귀를 대보기도 했다. 그럴 때마다 그녀는 걸음을 멈추었다. 자신의 배에 귀를 댄 아이와 그걸 지긋이 내려다보는 그녀의 눈빛이 만나 웃음이 전염되었다. 자신에게도 자랑거리가 생겨 흐뭇한 얼굴이었다. 그녀가 애 엄마가 된다는 사실에 아이들 모두가 신기해했다.

동네 사람들은 똥산이가 살 움막을 지어주기로 의견을 모았다. 돌무지를 수평으로 고른 다음 주춧돌을 놓고 기둥을 세웠다. 각목으로 골격을 짜고 짚을 엮어 지붕을 얹었다. 그런 다음 짚을 썰어 넣고 황토를 이겨 벽을 마감했다. 닷새에 걸쳐 그녀의 움막과 똥간이 만들어졌다. 방바닥엔 군데군데 쥐가 갉아 먹은 멍석을 두 겹으로 깔았다. 여유 이불과 옷가지도 가져다주었다. 미봉리 부녀회에서 당번을 정해 밥과 찬이 담긴 광주리를 여 날랐다.

 그러나 그녀는 움막에 들어가지 않았다. 움막에 차린 밥만 욱여넣고 나와 밖에서 활동했다. 그녀에게는 사방이 벽으로 막힌 움막이 갑갑했다. 거동이 불편해진 그녀는, 미봉산에서 내려오는 일이 뜸해졌다. 밥을 가져다주는 아줌마들 말에 따르면, 그녀의 움막 주변은 벌써 똥 지뢰밭이 되었다고 했다.

 "이럴 줄 알았으면 이불과 옷가지만 가져다줘야 했는데... 우덜(우리) 생각이 완벽히 빗나간 것이야. 직접 살 사람 관점에서 먼저 생각해야 했는데... 우덜 생각이 짧아 거기까지 이르지 못한 것이야."

 딸의 손을 잡고 손등을 토닥거리는 조미숙 엄마 말에 부녀회 아줌마들은 고개를 주억거렸다. 똑똑한 엄마가 자랑스러운 조미숙은, 약아빠진 얼굴로 나를 꼬나보았다. 그러면서 은근슬쩍 엄마 품에 안겼다. 양 볼에 보조개 패게 입 맞춰주기를 재촉하는 거였다. 다 큰 여자애가 어리광도 유분수지, 눈꼴사나워 더는 봐줄 수 없었다.

# 커버라이프 스위치

실제의 세상은 상상의 세상보다 훨씬 작다.*

미봉산 정상의 바람은 억새꽃을 흔들고 땀을 말렸다. 정상에서 보면 세상은 한없이 축소되어 난쟁이 나라의 개미 장난감 같았다. 미봉산 그림자가 쑥쑥 자라 동네를 집어삼키고 있었다. 미봉산이라 불리는 괴물의 머리 꼭대기에 앉은 나는 괴물을 조정하고 싶었다. 나에게 괴물을 마음대로 조종할 수 있는 능력이 생긴다면, 큰 힘 안 들이고 영토를 확장해 며칠 안으로 지구를 지배하게 될 것이었다. 그동안 나를 못살게 굴었던 사람들 얼굴이 떠올랐다.

'이제 너희들은 인생 꿀 바른 줄 알아라. 하루에 팔굽혀펴기 만 번씩 시킬 것이고, 선착순을 끝도 없이 돌릴 것이고, 한 끼 먹고 백 일 견디기 운동, 하루 물 세 방울 찍어 먹기 운동 등등. 너희들은 이제 좋은 시절 끝 고통의 날 시작인 줄 알아라.'

옆자리에 유란을 앉히고 살아갈 날을 꿈꾸었다. 그러나 금세 자신이 없어졌다. 그녀가 순순히 따라줄 리 만무했다. 그 자존심 센 여자애가 내 바람을 들어줄 리 없었다. 내 마음은 순식간에 어둑어둑해진 산밑 동네 주막을 어슬렁거리는 거러지 같았다. 땅거미 주사를 맞고 어두워지는 동네에서 가장 먼저 불을 켠 유란네 기와집은 숭어 비늘을 뒤집

---
* 니체

어썼다. 거기 윙크하는 첫 별이 떴다. 이 세상은, 아니 이 지구는 컴컴한 별 중에서도 낙후된 별일뿐이었다. 이런 조잡한 별에서, 그것도 깡촌에서 태어나 꼼짝달싹 못 하는 현실이 서글펐다.

나는 유란을 중심으로 떠도는 이름도 갖지 못한 무수한 행성 중 하나에 불과했다. 유란네 마루에 내걸린 전구 불빛을 바라보았다. 지금쯤 저녁을 먹고 있을 유란을 상상해 보았다. 내 가슴은 딱딱하게 굳어가는, 봉지가 뜯겨 오래 방치된 고무찰흙에 지나지 않았다.

마룻바닥에 책보를 집어던진 나는 곧장 안방으로 들어갔다. 내 관심은 온통 만화에 쏠려 있었다. 조급한 마음에 자바라 텔레비전의 전원을 켜고 끄기를 반복했지만, 여전히 먹통이었다.

잿빛 화면이 조그맣게 어이없어하는 내 모습을 담았다. 고개를 갸웃거리며 전기 코드를 살폈다. 절약 정신이 투철한 어머니가 코드를 죄다 뽑아버렸을지 몰랐다. 하지만 전기 코드는 뽑혀있지 않았다. 천둥번개가 치고 비바람이 몰아친다면 몰라도, 전기가 나갔을 리 없었다. 어딘가에서 전기 공사를 한다는 이장의 안내방송도 없었다. 그렇다면, 어머니가 두꺼비집을 내려놓은 것이 확실해졌다. 정말 못 말린다니까. 키도 닿지 않는 자리까지 사다리를 놓고 올라가서 왜 번번이 두꺼비집을 내려놓는단 말인가.

나는 그때마다 어머니에게 볼멘소리했다. 두꺼비집 밑 벽에 작대기가 세워져 있었다. 두꺼비집 스위치를 올릴 때 쓰려고 놔둔 거였다. 방문을 열어젖힌 나는 맨발로 대문 옆 두꺼비집 아래로 갔다.

"그러면 그렇지. 정말 못 말린다니까."

나는 어머니가 하는 것처럼 작대기로 두꺼비집 스위치를 올렸다. 스파크가 튀고 아랫방에서 '파박' 소리가 들렸다. 내 가슴은 철렁 내려앉았다. 아버지의 비명이 들리고, 이어 무거운 물체가 방바닥에 내동댕이쳐지는 소리가 들렸다.

아버지는 동생들이 쓰는 아랫방 전등을 형광등으로 교체하는 중이었다. 나는 그 자리에서 움직일 수가 없었다. 감전되면 바들바들 떨며 피가 다 말라 죽는다는 말을 들었다. 꿈속에서 궁지에 몰렸을 때처럼 아무런 행동도 취할 수 없었다. 어서 두꺼비집 스위치를 내려야 한다는 걸 까먹었다. 캄캄한 머릿속에서 불현듯 나타나는 아버지라는 존재. 아버지는 공포를 몰고 다니는 장기 집권하는 독재자였다.

아버지와 마주칠 때마다 궁지에 몰리는 나를 발견하곤 했다. 아버지가 궁지에 몰린 지금, 나는 스스로 어떠한 조치도 취할 수 없는 어중이였다. 나는 언제나 아버지가 수확한 곡식을 축내는 식욕 왕성한 쥐새끼였다. 아버지의 목소리는 진동이 심했다. 작은 연못에 커다란 돌을 머리 위로 들어 올려 있는 힘껏 처넣었을 때처럼 파문이 일었다. 나는 연못에 잘못 뛰어든 개구리였고, 그걸 지켜보는 상처 입은 심약한 어린 애이기도 했다.

"어~서~두~꺼~비~지~입~내~리~지~못~해~"

아버지의 다급한 엄명을 거역할 수 없었다. 온몸이 부들부들 떨렸다. 언제나 두꺼비집 스위치보다 높아 보이는 아버지. 나는 작은 연못의 기슭이었다. 가슴속 파문을 안고 그 자리를 뜰 수 없었다. 아버지는 방문을 열고 나와 참대나무 회초리로 내 종아리를 사정없이 갈길 것이다. 마디 굵은 참대나무 붉은 무늬가 퉁퉁 부어오를 것이다. 내가 할 수 있는 일이란 눈을 질끈 감는 것뿐이다. 또 아버지의 화를 돋워 주체할 수 없는 상태로 만든 것이다.

"말썽만 부릴 줄 알았지 뭐 하나 제대로 하는 게 있어야지. 네가 아직도 갓난앤 줄 아느냐. 옛날 같으면 벌써 장가들어 한 가정을 책임질 나이야. 무녀리처럼 철딱서니 없기는. 넌 도대체 누굴 닮아서 여전히 그 모양 그 꼴이냐."

아버지는 스스로 전깃줄을 떼어내고 방문을 걷어찼다.

"이놈의 새끼!"

나는 아버지에게 잡히는 순간, 세상이 결딴난다는 것쯤 잘 알았다. 아버지는 어느샌가 작대기를 들고 손바닥에 침을 먹인 뒤였다. 머리를 진공상태로 만드는 공포가 엄습해 왔다.

나는 후들거리는 다리로 미봉산 급경사진 기슭을 기어올랐고, 아버지의 고함이 뒤따랐다. 일을 저지르고 도망가는 거라면 자신이 있었다. 뒤돌아보지 않고 뛰었다. 아궁이 숯불에 파묻은 고구마의 겉이 타면서, 이미 익은 속꺼정(속까지) 타는 느낌이었다. 땀방울이 떨어지는 것을 느꼈고 조금씩 두려움을 떨쳐낼 수 있었다.

아버지는 미봉산 자락에서 포기하고 돌아갔을 것이다. 정말 잰 놈이다. 또다시 혀를 내둘렀을 것이다.

"뜀박질 하나는 한참 적 나를 닮았나 보네. 굼벵이도 구르는 재주가 있다더만."

아버지는 숭숭 구멍 뚫린 종이필터가 탈 때까지 환희를 물었다. 불똥이 똑 떨어져야 허리를 굽혀, 다음 담배에 불을 옮겨 붙일 것이다. 또 성냥골 하나 아낀 자신이 대견한 아버지, 뿌듯해 웃는 표정까지 실감 나게 그릴 수 있었다.

가까스로 미봉산 정상에 올랐다. 내 키 높이로 소나무가 들어찼다. 해 떨어질 무렵 서해는, 눈물이 쏙 빠질 정도로 슬프고도 아름다웠다.

덤프트럭 몇 대 분량의 금가루를 촘촘히도 뿌려놓았다. 슬픔이 내 가슴에 채워졌다. 슬픔은 곧 서러움으로 바뀌었다. 나는 이 세상에서 가장 불쌍한 나를 둘러보기 시작했다. 가라앉는 해와 나 사이에 붉디붉은 길이 연결돼 있었다. 절대로 걸어서는 갈 수 없는 길이었다. 나는 눈을 감고 그 길을 걸어갈 수 있었다.

유란의 얼굴이 물길 깊은 곳으로부터 떠올랐다. 그녀는 단지 떠오르는 아침 해였고 나는 무수한 해를 갖고 있었다. 그녀를 생각할 때마다 해가 하나씩 떠올랐다. 금방 떠오른 해가 바닷속으로 잠기고 있었다. 바닷물이 펄펄 끓는 느낌이었다. 그것은 바닷물이 아니었다. 용광로의 쇳물이었다.

내 가슴속에도 용광로가 있었다. 슬픔을 제련하는 바닷물 용광로가 펄펄 끓어 넘쳤다. 눈물이 흘렀다. 눈물은 바닷물 용광로에서 흘러나와 짭짜름했다.

유란이 이름을 마음 놓고 부르고 싶었다. 이 세상에는 그럴 만한 공간이 없었다. 세상은 내 답답한 가슴속보다도 비좁았다. 아무도 듣지 못하도록 깊은 굴을 파고 방음문을 달고 유란을 부르고 싶었다.

창백한 달이 동쪽 하늘에 떴다. 손거울치고는 너무나 큼지막한 달이었다. 그녀의 갸름한 얼굴이 꽉 들어찬 달이었다. 그녀에게 주고 싶은 손거울을 바라보았다. 달은 솜털 구름에 닦이면서 하늘 높이 그녀 얼굴을 떠올리고 있었다.

'나는, 저 달이 임자가 없는 것쯤 잘 알고 있어. 산소통을 메고 살아갈 수밖에 없다는 달나라. 난 산소통이 두 개 필요한 걸 잘 알고 있어. 잠시도 잊지 않을 거야.'

달을 보고 있었는데 눈물범벅이 되었고 뱃속에서 꼬르륵 소리가 들렸다. 그때부터 달은 치자를 우려낸 물로 지은 쌀밥으로 보이기 시작했다. 어머니가 집 앞에 나와 서성거렸다. 두 손을 모아 입에 붙이고는, 또다시 쐐가 빠지게 나를 불러댔다.

"기덱아, 밥 먹어라. 어서 내려와 밥 먹으라니께. 너희 아버지 화 많이 누그러졌응께 걱정 붙들어 매 놓고, 어서 내려와 밥 먹으라니께."

안 보이는 개미보다는 월등히 큰 사람들이 가느다란 나뭇가지보다 조금 작은 길을 부지런히 쏘다녔다. 새끼 손마디 하나보다 작은 우리 집을 내려다보았다. 그동안 어떻게 저런 데서 살 수 있었을까. 어떻게 저런 데로 겨 들어가 숨 쉴 수 있었을까.

나는 눈을 질끈 감고 새가 되었다. 두 날개를 펼쳐 든 새는, 벌써 전설이 된 새의 깃털 뽑힌 수치를 얼마간 느낄 수 있었다. 배고프지 않으면 절대로 내려가고 싶지 않은 우리 집을 바라보았다. 힘이 빠진 날개를 늘어뜨린 채 설움에 복받친 앨버트로스는, 급경사 산길을 무언가에 끌려 내려가고 있었다. 발길에 챈 흙과 잔자갈들이 앞서 산길을 덮은 떨어진 나뭇잎에 쏟아져서는 굴렀다.

# 무인도

 소섬 포구 해변에 엎어놓은 재광이네 뗀마가 보였다. 재광이네는 주문받은 목선을 만들어 납품하고 수리까지 해주었다. 재광이 아버지와 재광이와는 배가 다른 큰 형이 소규모 조선소를 꾸려나갔다. 해변에 엎어놓은 뗀마는, 수리 불가능한 노령의 목선이었다. 나는 재광이를 구슬려 폐선을 수리하고, 노 젓는 법과 방향 트는 법을 배울 계획을 세웠다. 재광이네와 우리 집은 먼 일가였다. 할머니 제사를 지낸 다음 날 아침 제사 음식을 조금씩 담은 접시를 집마다 돌렸는데, 먼 거리의 재광이네 집까지 찾아가서는 우리가 알고 보면 가까운 사이임을 은연중에 강조했다. 또한 유란과 내가 수박을 한 통씩 들고 재광이네 집까지 찾아가서는, 엎어놓은 뗀마 옆에 앉아 친한 척 나눠 먹기도 하였다. 유란이가 서울에서 살 때 얘기를 들려주고, 나는 책에서 읽은 걸 기초로 뻥튀기에 뻥튀기를 곁들인 얘기를 해주었다. 심지어는 전교 1등 김현주가 너를 속으로 좋아한다더라.라는, 근거 없는 말도 흘렸다. 이깨가 으슥해진 재괭이가 아버지에게 배워 배를 새것처럼 수리해 주겠다고 확약했다. 거기에 노와 키를 새것으로 만들어주겠다고도 덧붙였다.
 우리가 가고자 하는 무인도-

당연히 사회과 부도나 도서실 벽에 붙은 우리나라 전국 지도에는 나오지 않은 곳이어야 했다. 섬 주위 어딘가에 옹달샘이 하나쯤 있어야 하고, 보리, 감자, 고구마, 옥수수 같은 곡식을 심을 만한 땅이 있으면 그만이었다. 우리는 낫과 호미와 삽, 양은솥과 그릇, 숟가락과 젓가락 두 벌, 물을 담은 통과 곡식의 종지를 챙겨 실었다. 그리고 성냥갑을 빠뜨리지 않았다.

썰물이 시작되어 물 아래까지 배를 밀어야 했다. 다행히 물까지는 펄이어서 배는 미끄러져 물에 닿았다. 나는 노를 저었고, 그녀는 뱃머리에 앉아 내가 꾀를 부리는지 살폈다. 우리의 첫 항해는 순조로웠다. 배는 노를 설렁설렁 저어도 썰물을 따라 미봉만美峰灣의 한가운데에 이르렀다. 태양이 머리 위에 지켜 서서, 우리의 탈출에 온갖 찬사를 보내왔다. 미봉만 가운데까지 나가면 소용돌이가 있다는 말이 떠올랐지만, 그건 어디까지나 말 만들기 좋아하는 어른들이 지어낸 거짓부렁이에 지나지 않았다. 우리는 어느새 떠나온 협소한 골목 바다가 아득하리만치 멀어졌다. 우리는 보기 드물게 일찍 성공한 인생이었다. 우리가 떠나온 미봉만이 보잘것없이 작아 보였다. 이젠 누가 쫓아와도 우리는 잡혀가지 않을 것이다. 지긋지긋하리만치 들어야 하는 잔소리 따위, 더는 듣지 않아도 되고 학교에 안 가도 되고 또한 육상부 훈련을 받지 않아도 되었다. 무엇보다 우리가 하고 싶은 것만 하면 되는 것이다. 우리만으로도 충분히 행복한 교회를 만들고 싶었다. 좀 허술하고 누추하면 어때 우리만의 교회인데. 우리만 좋으면 그만인 거지.

모든 게 원한 대로 되었다. 이렇게 되는 날을 얼마나 바라고 기도했던가. 앞으로 집으로는, 절대로 돌아가지 않으리라. 그런데 왜 그런지 코끝이 시큰해졌다.

언제나 가깝게 느껴졌던 기다란 사로도(沙路島)까지의 거리는 만만찮았다. 저긴 전부 몸통이 붉은 소나무 숲이다. 아버지가 사로도를 가리키며 한 말이었다. 우리가 살던 육지의 끝에서 보면 사로도는 엄청나게 길지만 꿈틀거리지는 않았다. 미봉산에 올라가 봐도 아가리와 꼬리 지점이 보이지 않았다. 우리는 육지와 사로도 중간지점에 이르렀다.

점점 힘이 빠져 노 젓는 속도가 굼떴다. 가만히 앉아 이쪽저쪽 훑어보는데도 유란은 땀을 흘렸다. 유란의 얼굴은 빨갛게 익었다. 연방 노란 체육복 앞자락을 걷어 올려 땀을 훔쳐냈다. 나는 그녀가 안쓰러웠다. 그래서 얼굴이 그을릴까, 그녀의 머리에 모자를 씌웠다. 그녀가 힘든 표정으로 내게 말했다.

"좀 쉬었다 해."

나는 그녀에게서 돌아서 웃통을 벗었다. 그러고는 노란 체육복을 땀수건으로 사용하였다. 미풍 한 점 없는, 가을볕이 따끔따끔 쪼아대는 한낮이었다. 물이 많이 쓸 때는 몇백 미터밖에 안 되는 거리인 줄 알았는데, 족히 몇 킬로미터는 되었다. 물길과 뭍길은 눈대중으로 보는 것과는 차이가 컸다. 아무리 큰 나무도 멀리서 보면 작아 보이지만, 다가갈수록 커지는 것이다. 물길도 직접 가보기 전에는 짐작할 수 없었다. 사람도 마찬가지였다. 그 사람의 진면목을 알려면 시간을 두고 다가가야 하는 것이다.

뗀마는 물의 힘에 이끌리고 있었다. 우리는 힘 하나 보태지 않고 무인도로 가고 있었디. 잔 파도의 안마가 뱃선을 때려 흔들의자를 흔들어주는 것 같았다. 우리는 어창 뚜껑을, 해를 향해 방패로 세워둔 채 등을 돌리고, 눈을 감았다. 우리는 깜박 잠들고 말았다.

나를 흔들어 깨운 건 그녀였다. 눈을 떴는데 현기증이 일었다. 태양이 눈앞에 당도해 기름을 붓고 불을 싸지를 기세였다. 그녀는, 색이 발한 플라스틱 바가지로 물을 퍼냈다. 어디선가 들려오던 '부- 욱, 부- 욱'하는 소리가 그 소리였다. 간간이 무언가를 긁어내는 소리였다. 그 소리는 점점 빨라졌다.

배 바닥에 구멍이 뚫려 물이 차올랐다. 그녀의 물 푸는 속도가 점점 빨라졌다.

"어떻게 된 거야?"

내가 다급하게 물었지만, 그녀는 대수롭지 않다는 표정이었다.

"이 정도로는 괜찮을 거야."

미덥지 못해 내가 재차 물었다.

"정말 괜찮겠어?"

밀물 때가 지나 있었다. 우리가 뭍을 떠나온 지 몇 시간이 훌쩍 지나간 거였다. 배 바닥의 구멍은 점점 커져 바닷물이 샘물처럼 솟아났다. 우리는 우리가 모르는 사이 멀리 흘러온 것이다. 나는 마음이 조급해졌다. 우리가 떠나온 곳이 어딘지 종잡을 수 없었다. 그녀는 뱃머리를 돌릴 것을 독촉했다. 배 밑창의 구멍은 커지고 접합 부분의 틈은 더 벌어졌다. 하지만 제대로 수리하지 못한 재광이를 탓하고 있을 수만은 없었다. 허둥대는 나를 보고 겁을 먹은 그녀는, 물을 푸면서 기도문을 외웠다.

나는 뭍을 향해 노를 저었다. 그녀 대신 물을 퍼내고 싶지만, 바가지는 하나뿐이었고 그녀는 노를 저을 줄 몰랐다. 그래도 물을 퍼내는 게 급했다. 뗀마가 가라앉으면 모든 게 끝장이었다. 그녀에게서 바가지를 넘겨받은 나는, 팔이 떨어져 나가는 아픔도 잊었다. 바닷물을 다 퍼내야 하는 건 아니겠지? 우리가 그런 형벌을 받을 만큼 큰 죄를 지었단 말인가?

'하나님, 예수님, 으흐흐.'

나는 울음이 터지려는 걸 간신히 참아냈다. 유란은 노대를 잡고 하염없이 물속을 휘저었다. 그녀도 지금 당장 할 수 있는 기도가 그뿐이었다. 소용돌이 따위가 있다는 말을 처음부터 믿지 않았다. 우리는 최선을 다해 바닷물을 퍼내고 노를 저으며 기도했다. 다시는 노를 젓지 않아도 되고 바닷물을 퍼내지 않아도 될 때까지. 우리는 우리가 누구였는지도. 돌아갈 곳이 어디에 있는지도 몰랐다.

## 연탄

어머니가 떠준 뜨개질 마스크가 창피해 점퍼 주머니에 넣고 다녔다. 유란은 콧물을 질질 흘리는 나에게 다가와 쏘아붙였다.

"남자애가 칠칠찮게 콧물감기나 달고 다니니?"

그녀의 급작스러운 통박에 놀란 나는 마스크를 꺼내 콧물을 찍어냈다. 코밑이 쓰라린 건 물론 벌레에게 쏘인 것처럼 따끔거리기까지 하였다. 그녀의 통박은 쉬는 시간 없이 지속됐다.

"너도 똥산이 아줌마가 감기 걸린 거 못 봤지?"

어른이나 애나 할 것 없이, 안 좋은 건 뭐든 똥산이한테 갖다 붙였다. 그녀는 내 얼굴을 빤히 쳐다보며 재차 쏘아붙였다.

"넌, 아직도 신문지로 코 푸니?"

미루나무 가지 사이에 낀 까치집이 바람에 쓸려 떠다녔다. 바람은 13물 밀물 때 바다 물살보다도 급했다.

"너희 집엔 수건도 없어? 얼굴도 신문지로 닦니?"

나는 만조가 가까운 밀물 속을 걷고 있었다. 잔가지 하나 옆으로 눕히지 않은 미루나무가 까치집을 안고 쏠리고 쏠리고 쏠렸다. 낮은 하늘에 낀 먹구름을 무던히도 쓸고 있는 물가 미루나무 빗자루를 보았다.

"왜 얼굴이 그렇게 깜둥인 거니? 너넨 깜북이로 밥해 먹는 거니?"

먹구름은 빠르게 쓸려갔지만, 또 다른 먹구름이 그 자리를 차지했다.

"너 어젯밤에 우리 집에 몰래 왔다 갔지? 네가 우리 집 연탄을 훔쳐 간 거 맞잖아?"

도랑물에는 살얼음이 끼었다. 살얼음을 볼 때면 교회 종소리가 들려왔다. 교회 종소리가 물결무늬로 달려와 얼어붙었다.

나는 콧물이 말라 풀을 먹인 듯 빳빳해진 뜨개질 마스크 표면을 만지작거렸다. 어머니가 떠준 마스크는 꺼칫거렸다. 할머니가 입던 빨간 스웨터를 어머니가 물려 입었다. 물이 빠져 자연스럽게 연분홍이 된 스웨터 실을 끌러 짠 마스크였다.

"우리 집엔 연탄아궁이가 없잖아. 내가 연탄을 훔쳐 얼굴에 문지른 것 같아? 내가 정말 얼굴에 숯검정 칠하고 밤새 해안 초소에서 보초 서는 주정뱅이 방위병 같으냐?"

우리 집엔 신문지도 흔치 않았다. 콧물이 나오면 동생들이 물려 쓴 기저귀 천으로 닦았다. 어제는 기저귀 천도 풀 먹인 것처럼 빳빳해져서, 급한 김에 마른걸레로 콧물을 닦았다. 나는 신문지로도 코를 푼 적이 없었다. 유란이 집에는 화장지가 남아돌았지만, 나는 화장지를 만져본 지도 오래였다. 골이 지끈지끈 아프고 목은 굶주린 딱따구리 소굴이 돼 있었다

오늘 댓바람에 민정이 엄마가 찾아와서는 하소연을 늘어놓았다. 민정이네는 유란네 별채에서 이삿짐도 못 풀고 살았다. 그 별채에는 연탄아궁이밖에 없었다. 그래서 어쩔 도리 없이 연탄을 때고 살았다. 그런

데 민정네 연탄이 자꾸 없어졌다. 우리 동네에서 연탄을 때는 집은, 그 두 집 말고는 없었다. 민정은 칠칠찮게도 콧구멍을 파는 버릇이 있었다. 콧구멍을 자꾸 파면, 콧구멍이 넓어진다고 타박을 받아도 개의치 않았다.

오늘 아침에 민정 엄마와 유란 새엄마가 한판 떴다. 민정네 연탄 도둑으로 의심 가는 사람은 유란이 새엄마뿐이었다.

"왜 자꾸, 남의 집 연탄을 가져다 때는 겁니까?"

유란이 새엄마는, 곱상한 얼굴에도 콧구멍이 넓은 여자였다. 웃거나 말할 때 보면 콧구멍이 들려 올라가 있었다. 그래서 망둥이 아가미같이 생겨 먹은 콧구멍이 훤히 들여다보였다. 얼핏 보면 누런 동전 둘을 콧속에 숨긴 것 같았다. 누런 코딱지 동전 둘이 달라붙어 자꾸 코를 막는지, 유란이 새엄마는 들창코를 벌렁거리며 잠시 말을 잇지 못했다.

"뭐라, 누가 연탄 훔쳐 갔다고 개지랄을 떨어. 감히 주인한테. 당장 쫓겨나고 싶어 환장했나 보지. 이년이 정말 어디서 개뿔딱지 난 걸 나한테 풀고 있어."

"이 동네에서, 연탄 훔쳐 갈 사람이 누가 더 있냐고요?"

민정 엄마의 풀무질에 발끈한 유란이 새엄마가 악을 썼다.

"이년이 어디서 쥐약 먹고 뒈진 늙은 쥐 사체 싹 발라먹고 왔나. 이제 생사람 잡아먹으러 덤벼드네!"

민정 엄마도 더는 물러서지 않았다.

"뭐라, 이년이라고. 도둑년 주제에 똥걸레까지 물고 자랄 발광을 떨고 있네 그랴."

둘 사이에 삿대질과 고성으로 탐색전은 끝났다. 그 둘은 서로의 멱살을 잡고 흔들었다. 나중엔 머리끄덩이를 휘어잡고 나뒹굴었다. 민정은 어쩌지 못하고 들창코 아줌마 콧구멍만 쳐다보았다. 민정 엄마는, 민정이 콧구멍을 팔 때마다 겁을 줘왔다.

"너 자꾸 콧구멍을 파면, 안집 들창코 아줌마처럼 콧구멍이 넓어진다. 콧구멍이 들려 올라가 비 오면 물난리를 겪는단 말이다."

민정이가 쭈그려 앉아 들창코 아줌마 콧구멍을 들여다보며 말했다.

"아줌마, 아줌마는, 콧구멍을 얼마나 파서 그 정도가 된 거예요?"

유란이 새엄마는, 양쪽 얼굴을 번갈아 보면서도 부들부들 떨었다. 부엌으로 들어간 민정 엄마는 키들키들 웃으며 헝클어진 머리를 수습했다.

연탄 사건의 불똥이 별안간 내게로 튄 것이다. 더는 유란이 말에 대꾸하지 않았지만, 나는 곧 세수하지 않은 걸 후회했다. 어머니가 부지깽이를 들고 와 까맣게 칠해놓은 것이다. 세수를 안 하고는 못 배기게 어머니가 또 선수를 친 것이다.

도랑에 멈춰 선 나는 손을 문질러 얼음을 녹였다. 유란은 한참 앞서 걸어갔다. 얼음에 숯검정이 묻어나고 화끈거리던 얼굴 전체가 시원해졌다. 유란이가 돌아서서 소리쳤다.

"김기덕, 뭘 꾸물거려. 얼른 따라오지 못하고."

유란이 새엄마는 이놈의 집구석 화딱지가 난다고 집을 나가버리고 집 안엔 할머니와 유경이밖에 없었다. 유란은 거실을 지나 곧장 화장실로 들어가서는 걸레를 빨아 대소쿠리에 담았다. 현관에 우두커니 서서 유란을 지켜보는데 방에서 나온 유경이가 나에게 꾸벅 인사를 건넸다. 그러고는 할머니 방으로 들어갔다. 곧이어 할머니 목소리가 새어 나왔다.

"아이구 시원타. 우리 둘째 공주가 꾹꾹 밟아주니, 이제 살만하다.

이제 할미 허리 다 낫는 것 같다. 아이구, 아이구, 그렇지. 낼은 교회도 나갈 수 있겠다. 아이구, 그렇지. 그렇지."

내일 '성경 읽기 모임'은 정한 대로 똥산이 움막에서 갖기로 했다. 우리가 미리 가서 움막을 청소해 놓아야 했다. 우리는 걸레와 빗자루, 쓰레받기, 삽을 들고 똥산이 움막으로 올라갔다. 지독한 콧물감기에 걸린 나는 아예 냄새를 맡지 못했다. 불행 중 다행한 일이었다. 오늘은 똥산이의 살벌한 똥 쿠린내를 맡지 않아도 되었다. 삽으로 똥구덩이를 판 나는, 흩어진 똥산이 똥을 떠서 구덩이에 모대(모아) 묻는 담당이었다. 땅이 더 얼기 전에 여기저기 미리 구덩이를 파놓아야 했다.

자갈이 숱하게 섞인 땅을 깊이 파는 일은 녹록지가 않았다. 움막을 치우고 나온 유란이 시원찮은 내 삽질을 지켜보았다. 웅덩이를 깊고 넓게 파고 싶었지만, 성질이 급한 내게는 버거운 일이었다. 보다 못한 유란이 거들고 나섰다.

"박힌 돌을 먼저 파내야지. 삽날을 칼이라고 생각해. 고기에서 뼈를 발라낸다고 말이야. 삽날로 살살 돌부리부터 파내면 수월하잖아."

나는 유란에게 삽을 던져주고 네가 말한 대로 해보시지, 라고 쏘아붙이려다 관뒀다. 그랬다간, 유란의 화를 돋워 낭패를 볼 게 뻔했다. 유란은 도저히 안 되겠다 싶었는지 내게서 삽을 빼앗았다. 그러고는 웅덩이에서 나를 끄집어냈다. 손바닥에 침을 먹인 유란이, 능수능란한 정육점 주인처럼 발라낸 돌과 흙을 퍼냈다. 충분히 시범을 보여준 유란이 고개를 들고 입을 열었다.

"내가 이래 봬도 금광 집 큰딸인데, 이 정도는 해야 체면치레는 겨우 하는 거 아니겠니? 너 다음에 나랑 결혼할 생각이 있으면 땅 파는 것부터 제대로 배워둬라. 명색이 금광 집 큰사위 되는 건데, 그따위로 해서 금광 사업 물려받겠다고 운이나 뗄 수 있겠니?"

 말을 마친 유란이 내게로 삽을 던졌다. 지켜보고 있을 테니 제대로 해보라는 거였다.

 나는 삽날로 돌부리를 도려내듯 파냈다. 금광 집 큰 사위가 될 수 있다는데, 지구 반대편까지 못 팔 것도 없었다. 똥산이가 이곳에 자리 잡은 걸 보면, 무슨 이유가 있을 성싶었다. 똥산이가 우리를 위해 마지막 노다지 자리를 맡아둔 게 아닐까. 그래서 몇십 미터만 파내려 가면, 노다지 금맥을 발견하지 않을까. 실제로 미봉산에는 일제강점기에 금을 캐 먹던 소규모 갱坑이 부지기수였다. 그것들은 대개 방치 상태로 입구가 무너져 있긴 해도, 금맥은 끊긴 게 아니라고 했다. 캄캄한 갱도의 천장에 박쥐들이 달라붙어 잠을 잤다.

5장

나는 졸방제비꽃이 피는 여기도 천국이라고 믿어볼 거야
여기가 천국으로 가는 하나뿐인 비밀의 문이라고도 믿어볼 거야

# 단출한 이사

멧비둘기 두 마리가 도래솔(무덤가에 둘러선 소나무) 가지를 박차고 수평으로 날았다. 만득이가 미봉산에서 내려오고 있었다. 똥산이는 팔다리가 새끼줄로 묶여 지게 위에서 몸부림쳤다. 그녀가 애지중지하던 보따리와 포대기는 지게뿔에 걸렸다. 만득이는 그녀가 끊임없이 몸부림을 쳐대는 데도 끄떡하지 않았다. 웬만한 남자들 같으면 길에서 벗어나 나뒹굴었을 텐데 그이는 보기 드문 거구에 힘이 장사였다. 한번도 쉬지 않고 신작로로 접어들어 똑바로 앞만 보고 걸었다.

조 박사가 넌지시 만득이 앞을 가로막고 물었다.

"집으로 색시 데려가는가?"

만득이는 말이 어눌한 사람이었다. 묻는 말에만 간신히, 그것도 간단한 대답만을 하곤 하였다. 그는 웃거나 고개를 끄덕거리는 것으로 나머지 대답을 대신하곤 했다. 조 박사의 물음에 그는 숱이 많은 더벅머리를 끄덕일 뿐이었다.

"만득이. 자네가 각별히 신경 써서 잘 대해주게. 맛있는 반찬에 밥도 배불리 먹이고, 따뜻한 방에서 재우게나. 산달이 얼마 안 남았잖은가. 부디 아껴주고 얼러주고 마음 편하게 대해주게나."

만득이 얼굴엔 함박웃음이 머물렀다. 그는 담배꽁초를 내뱉고는 조 박사에게 깍듯이 고개를 숙여 인사했다. 조 박사는 빗겨서 털어낸 손을 흔들어주었다.

"어여 가보시게나. 날씨가 제법 쌀쌀해졌어. 고뿔 걸리지 않게 각별히 신경 써주고."

만득이는 신작로를 걸어갔다. 똥산이가 고개를 돌리고 조 박사를 바라보았다. 우리는 논 한가운데 짚 토매(투매)를 세워놓고 불을 놓았다. 만득이와 똥산이를 물끄러미 바라보는 것으로 배웅을 대신했다.

연기 때문에 눈이 매운 우리는 자리를 옮겨 다녔다. 그렇게 모닥불에 묻어놓은 고구마와 감자가 익기를 기다렸다.

추수가 끝나면 도시로 돈 벌러 나간 청년들이 하나둘 돌아왔다. 그들은 겨우내 사랑방을 옮겨 다니며 술을 마시고 화투를 쳤다. 집마다 사랑방 구석에 밀대 방석을 원통으로 둘러 고구마를 보관했는데 그들은 생고구마를 쥐새끼처럼 갉아 먹었다. 야심한 밤이면 옆 동네로 원정 나가 닭과 오리와 거위, 때로는 염소를 서리해 와 안주로 만들고 메지 강똥 할아버지네 가게를 털기도 했다. 담배를 상자째 훔쳐서는 생강 저장 굴에 감춰놓고 나눠 피웠다. 놀고먹어 볼살이 토실토실 오른 그들은 술에 취해 주먹다짐하거나 동이 틀 때까지 동네가 떠나가라 악을 쓰면서 노래를 불렀다. 그들은 낮에는 죽어 자고 저녁때면 살아나 패악질을 일삼았다. 그래도 준영은 그들과는 거리를 두고 지냈다. 그들의 패악질을 보다 못한 준영이 어느 날, 꼴통 장진우와 신근섭의 장발을 휘어잡고 주막 밖의 오줌통에 쑤셔 박았다. 그 일로 준영은 동네 어른들의 칭송을 받았다. 휴가만 나오면 술에 취해 면사무소와 지서를 뒤집어엎는 특수부대 군인 성준호와 살인을 저질러도 면죄부를 받는다는 보안부대 군인 최인식까지 일거에 제압해 무릎을 꿇렸다. 이후로 그들은 쪽팔려 동네에 더는 나타나지 못했다.

버스에서 내린 준영은 양손에 든 가방을 내려놓고 모닥불을 향해 걸어왔다. 그녀는 여전히 모델이 되는 게 꿈이었다. 그래서 서울의 패션회사 직영 공장에 다닌다고 하였다. 준영을 발견한 내가 애들에게 짧게 소리쳤다.

"야, 정준영이다. 튀어!"

뒤를 돌아본 애들은 기겁하고 말았다. 애들이 슬금슬금 자리를 뜨려고 하자, 정준영이 냅다 소리를 질렀다.

"좁쌀만 한 새끼들이 어딜 가려고! 모두 동작 그만!"

애들은 그 자리에 말뚝 박혀 꼼짝달싹 못 했다. 준영은 애들에게 저승사자와 동급인 존재였다. 술에 취한 동네 청년 김은봉이 질척대자, 들고 있던 통기타로 머리를 내리쳤다. 김은봉의 머리는 기타 통을 뚫고 나가 분출했다. 김은봉에게 기타 통 칼을 씌운 사건은 애들에게 전설이 되었다.

모닥불 주위로 다가온 준영은, 양팔을 벌린 다음 알통이 나오게 주먹을 쥐어 올리고는 소릴 질렀다.

"좁쌀 새끼들, 다 매달려봐."

애들은 숨도 못 쉰 채 곁눈질로 눈치를 보았다. 애들을 둘러본 그녀가 손뼉을 치고는 말을 이었다.

"좁쌀들, 안 본 새 제법 컸네. 어디 근육 좀 만져볼까. 오늘부터 너희들, 내 종이라는 거 잊지 마라. 허튼짓하다 걸리면 확 그냥! 알았냐? 알았냐고!"

불쏘시개를 뺏어 든 준영은 모닥불을 뒤져 고구마를 꺼냈다. 그러고는 연기 때문에 매운 눈을 비벼댔다.

"아이 씨발, 울 아버지가 그랬는데. 부랄 큰 놈한테 연기가 간다고. 그런데 왜 나한테만 몰려오냐고. 난 부랄도 못 달고 얼떨결에 태어났는데, 왜 선녀 뺨치게 생긴 나한테 덮쳐오냐고 씨팔. 누가 나한테 연기를 몰아주는 거냐고. 확 그냥."

애들은 쫄아서 고개를 숙였다.

"울 아부지가 나한테 연기를 보내는 건가, 젠장. 연기로 기별을 넣는 건가, 젠장. 억지로라도 참회의 눈물을 흘리라는 건가, 젠장."

준영은 눈을 비비며 고개를 돌렸다. 애들은 서로의 눈치를 보았다. 지금 도망가지 않으면 붙들려 술주정까지 받아줘야 할 판이었다. 준영의 가방에는 분명 술병이 가득할 터였다.

우리는 각자의 집을 향해 전력 질주했다. 준영의 발악하는 소리가 바람에 꺾여 제대로 들리지 않았다. 조그맣게 바람을 넣은 풍선을 입에서 굴리는 소리, 부드러운 볼에 대고 비비는 소리, 개구리 우는 소리 드문드문 들려오면, 청년들은 용케도 같은 시기에 전원 취직이 되어 동네를 떠났다.

## 맨발 자국

아버지는 교회 종소리가 들리기 전에 일어나서 밖에 나가 헛기침을 하면서 돌아다녔다. 아버지가 헛간 여물을 삼태기로 퍼다 가마솥에 붓고 쌀겨와 벌레 먹은 콩을 끼얹어 여물을 쑬 시간에도 교회 종소리는 잠잠했다. 방바닥이 미지근해져 올쯤에야 종소리가 동네를 깨웠다.

유란은 할머니를 따라 미봉 교회에 가기 위해 집을 나섰다. 유란이 할머니는 꼭 유란을 데리고 교회에 가고자 했다. 졸음이 덜 깬 유란이 까탈을 부려도 어림없었다. 할머니는 단짝 친구의 딸인 유란이 어머니를 친딸처럼 아꼈다고 했다. 그래서인지 죽은 엄마를 꼭 빼닮은 유란을 이 세상에 다시 없는 보물처럼 아끼고 사랑했다. 유란을 늘 곁에 두고 싶어 했다. 그녀는 할머니 손을 잡고 새벽기도에 다녔다.

만득이 지게에 실려 간 똥산이가 다시금 미봉산에 돌아왔다. 똥산이는 교회 종소리가 들리면 동네로 내려왔다. 미봉리에는 장로교회와 감리교회가 있었다. 두 교회는 겨울이면, 새벽 다섯 시를 기다렸다가 동시에 얼었던 종소리를 풀어놓았다. 두 교회의 종소리가 미봉산 골짜기까지 울려 퍼졌다. 똥산이는 포대기를 두르고 보따리를 이고 두 교회의

갈림길까지 가서 쪼그려 앉아 있곤 했다. 그녀는 무슨 말인가를 끊임없이 중얼거렸지만, 그건 하나님이나 알아들을 수 있는 말이었다.

　동구 밖 육백 년 된 느티나무에 기대앉아 미봉산을 바라보는 똥산이를 여러 번 보았다. 그녀는 얼음이 얼기 시작한 저수지 둘레길을 종일 걸어 다니기도 했다. 또 어느 날은 유란 아버지의 금광까지 걸어가 수직으로 뚫린 캄캄한 갱도$^{坑道}$ 안을 들여다보기도 했다. 똥산이의 배는 점점 불러왔다. 누구도 출산이 가까운 그녀의 별칭을 함부로 부르거나 놀리지 못하게 되었다.

　똥산이는 예배를 마치고 나오는 교인들의 얼굴을 지켜보았다. 누군가를 만나러 온 사람의 얼굴이었다. 그녀는 뭔가를 묻기 위해 교인들 뒤를 밟아 집까지 따라가서는, 허탕을 치고 제자리로 돌아와 앉았다.

　똥산이는 신발을 신지 않았다. 그녀가 남긴 발자국이 눈구덩이에 찍혔다. 나는 토끼 올개미(올가미)를 확인하러 아침마다 미봉산 골짜기를 돌았다. 눈에 찍힌 똥산이 맨발 자국을 햇볕이 먼저 녹여주었다. 그녀는 신발을 바꿔 신으며 온 산을 쏴(쏘)다녔다. 더 많은 신발을 바꿔 신으려고 동네를 끊임없이 쏴다니는 맨발의 수도사였다.

　똥산이는 돌무지 움막 똥간 앞에 앉았다. 나뭇가지 아래로 눈덩이 떨어지는 소리가 들려왔다. 그녀가 바라보는 돌부리 나뭇등걸마다 입김이 올랐다. 눈은 알갱이로 굳어져 녹아내렸다. 눈밭에서는 배가 불러온 그녀의 웃옷이 더는 배겨나지 못하고 뜯기는 소리가 간간이 들려왔다.

## 아무도 없는 곳으로

　유란네 집에서 대판 싸우는 소리가 들려왔다. 유란이 할머니는 유경을 데리고 읍내 장에 가고 없었다. 아버지는 제 성질을 못 이겨 끝내 가재도구를 집 밖으로 내던졌다. 새엄마의 화장대 거울이 박살 나는 소리가 들렸다. 곧이어 벽시계가 담장 밖으로 던져져 도금된 시계추가 튕겨 나갔다. 그러고도 분을 삭이지 못한 아저씨는 마지막 남은 자존심 벤츠를 몰고 금광으로 출근했다. 싸움 구경을 나온 조 박사가 마른 입술에 침을 두르고 입을 열었다.
　"저 차만 팔아치워도 이 고랑 땅은 다 사고도 남겠구먼. 하루에 저 찻값 떨어지는 게 얼만 줄이나 아는가 말이야. 그 돈이면 맨날 잔치하고도 남음이 있겠네."
　유란 새엄마가 바락바락 악을 쓰면서 욕지거리를 갈겼다. 그럴 때마다 유란은 새엄마 화풀이 대상이 되곤 하였다. 새엄마에게 머리끄덩이를 잡힌 채 휘둘려 집 밖으로 끌려 나왔다.
　새엄마를 피해 달아나는 유란이가 보였다. 그녀는 미봉산 골짜기로 내달렸다. 빨랫방망이를 들고 뒤쫓던 새엄마가 멈춰서 무릎을 짚었다. 새엄마는 빨랫방망이를 내동댕이치고는, 복식 호흡으로 냅다 소리를 질렀다.

"지애비 꼭 빼닮아 독하고 독해 빠진 년. 아이고야, 징글징글 맞은 내 팔자야."

유란이 새엄마는, 손수건으로 화장이 번진 얼굴을 수습하고는 담뱃불을 붙였다. 눈 주위엔 눈물이 번졌는데 담배 연기를 뿜는 입으로는 웃었다. 한껏 고개를 젖힌 그녀는, 담배 연기로 동그라미를 만들어 올렸다.

나는 옹달샘 앞에 쭈그려 앉은 그녀의 등을 보면서 걸어갔다. 옹달샘 위 바위에는 촛농이 눌어붙어 있었다. 토요일마다 '성경 읽기 모임' 애들과 찾아와 기도하고 '작은 부흥회'를 열었다. 유란 할머니도 속상할 때면 조용히 올라와 기도하는 장소였다. 동네 할머니 아줌마들도 찾아와 옹달샘 물을 떠놓고 소원을 비는 곳이었다. 할머니 아줌마들은 허리를 굽실거리며, 손바닥을 비벼대면서 빙빙 돌았다. 끝없이 소원을 빌고 또 빌었다. 바위 밑에 짧은 고드름이 달렸다.

유란은 옹달샘에 손을 담갔다. 얼음물에 손을 담그고 있으면 동상에 걸릴 수도 있었다. 유란은 번갈아 가며 손등을 돌로 문질렀다.

유란 아버지의 금광에서는 제대로 된 금맥이 터지지 않았다. 그녀 아버지는 물려받은 재산을 거의 꼬라박고 끌어다 쓴 빚더미에 깔려 압사할 지경에 놓였다. 이제 전처 친정의 도움 없이는 얼마 버티지 못할 것이다. 어른들이 쑥덕거리는 소리가 자주 들렸다. 얼마 전에는 제련소까지 광석을 운반하던 트럭 기사까지, 임금 체불을 견디지 못하고 관뒀다 했다.

아버지와 새엄마 사이가 급격히 벌어졌다. 서로 만나기만 하면 으르렁거렸다. 아버지는 사무실 야전침대에서 자고 새벽이나 되어 그놈의 자존심 벤츠를 몰고 돌아오는 날이 많았다. 언젠가는 빙판길에 미끄러져 가시덩굴로 처박히기도 하였다. 풀이 죽은 그녀는 누구와도 말을 섞으려 들지 않았고 사람들을 피해 다녔다.

먼발치서 그녀를 지켜보는 수밖에 없었다. 그녀의 눈은 보나 마나 퉁퉁 부어 있을 것이다. 답답한 나는 생나무 지팡이로 길을 덮은 눈을 후려쳤다. 눈 속에 묻힌 낙엽과 자갈이 튀어 올랐다. 그녀는 그 소리를 못 들은 척 계속 손등을 돌로 문질렀다.

불현듯, 상우 아버지가 떠올랐다. 그이는 동상 걸린 손가락을 그대로 방치했다가 손목을 절단하기에 이르렀다. 유란이가 계속 샘에 손을 담그고 있으면 안 될 일이었다. 손에 동상 걸리면 팔을 잘라야 할지도 몰랐다. 팔이 잘린 유란을 상상하기 어려웠다. 그녀에게 다가간 나는 버럭 소리를 질렀다.

"이유란, 너 왜 그래?"

유란은 나를 무시했다.

"이유란, 그만해."

"… ."

"그럼, 피 나."

"피 나라고 하는 거야."

드디어 유란의 대답이 들렸다. 그녀의 목소리는 이곳저곳 골짜기에 부딪혀 돌아온 메아리처럼 매가리가 없었다. 나는 손등과 손등을 맞대고 비비며 말했다.

"그러면 아픈데, 왜 그래?"

"아프면, 화나는 걸 잠시라도 잊을 수 있잖아."

"… ."

"나는 지금 견딜 수 없어. 어떻게든 여기서 벗어나고 싶어."

"… ."

"아무도 없는 곳으로 도망치고 싶단 말이야."

"아무도 없는 곳으로… ."

"나는, 내가 없는 곳으로 가고 싶어. 거기 가서 또 다른 나랑 만나 살고 싶단 말이야."

옹달샘 바위 위 소나무 가지에서 눈덩이가 왕창 쏟아졌다. 유란은 바위 위로 고개를 들지 않았다. 옹달샘 물은 조금씩 흘러나와 넘쳤다. 옹달샘에는 유란이 흘린 눈물이 얼마간 보태졌다. 옹달샘에서 흘러나온 물에서는 김이 올라왔다. 며칠 밤이 지나면 바다로 흘러갈 수 있을 것이다. 나는 생나무 지팡이를 유란의 등 뒤에 세워두고 돌아섰다. 스스로 추스르고 일어선 유란이 제 발로 걸어 동네로 내려올 때를 기다리기로 했다.

# 눈길

 몰이꾼에게 쫓긴 노루가 계단식 논바닥을 뛰어왔다. 얼음이 언 논에서 넘어지고 일어나기를 거듭했다. 그러면서 엉덩방아를 찧어댔다. 노루는 애 울음소리로 울기를 멈추지 못했다. 몰이꾼들이 작대기를 들고 뒤따랐다. 기어이 논두렁으로 나온 노루는 입김을 뿜으며 미봉산 골짜기로 내달았다. 몰이꾼들도 노루 발자국을 따라 미봉산 골짜기로 사라졌다.
 몰이꾼 하나가 급히 동네로 내려왔다. 돌무지 움막 앞에서 사람이 얼어 죽었다고 했다. 어른들이 미봉산 골짜기로 몰려갔다. 똥산이를 뒤로 앉힌 지게를 지고 현교 아버지가 눈길을 내려왔다. 그녀는 어디에도 기대지 않고 꼿꼿이 앉아서 얼어 죽었다.
 며칠 전의 일이었다. 아버지를 따라 김 뜯으러 바다에 갔다 올 때였다. 간척지 논바닥 짚가리 옆에서 누가 피우고 간 불을 쬐는 그녀를 보았다. 우리가 각시난골 언덕을 넘어올 때, 그녀는 어른 허벅다리만 한 통나무로 논바닥을 찧었다. 그녀 입에서는 알아들을 수 없는 기도문이 흘러나왔다. 그녀가 쬐던 불에서 무엇을 태우는지 새까만 연기가 피어올랐다. 그녀는 포대기를 두르고 있지 않았다. 보따리도 보이지 않았다. 그녀는 통나무를 들어 올려 논바닥을 찧으며 알아들을 수 없는 기도문을 외웠다. 연기와 불씨가 바람을 타고 휘갈겨 날렸다.

그녀는 이불에 덮여 공동묘지 상엿집 앞으로 옮겨졌다. 이장이 만득이에게 부고를 전하러 다녀왔다. 만득이가 지게를 지고 나타났을 때, 뿌예진 해는 중천에서 사라졌다.

나는 유란이 집으로 뛰었다. 아줌마의 죽음을 유란에게는 알려야 할 것 같았다. 그녀는 수돗가에서 머리를 감았다. 세숫대야와 양동이에서 비슷한 김이 올랐다. 뜨듯한 물에 헹궈낸 그녀 머리에서도 김이 올랐다. 머리를 헹군 그녀는 수건으로 머리를 싸맸다. 그때 대문 앞에 서 있던 내가 유란이 앞으로 나서서 입을 열었다.

"똥산이 아줌마가 죽었대."

유란은 애써 내 눈을 외면했다.

"언제?"

"어젯밤에."

"…."

"너는 알아야 할 것 같아서."

"나한테 왜?"

"네가 우리 동네에서 아줌마랑 가장 친했잖아."

"내가 언제?"

그녀는 별일 아니라는 듯 성의 없게 대답하고는 머리에서 수건을 풀어냈다. 수건의 끝자락을 맞잡은 그녀는 긴 머리를 털어 말렸다. 고개를 옆으로 돌렸을 때, 그녀의 한쪽 눈이 벌겠다.

"아니야?"

"…."

"이유란!"

그녀의 오른손등이 눈물을 훔쳐냈다. 그녀는 설움에 복받쳐 우는 소리로 말했다.

"똥산 아줌마에겐 무슨 말이든 할 수 있었으니까. 무슨 말을 해도 나무라지 않았으니까. 내가 틀렸어도 화내거나 소리치지 않았으니까. 날 보고 바보라고 욕하지 않았으니까. 항상 웃어줬으니까. 우리 엄마가 살아있었다면, 그렇게 웃어줬을 테니까."

유란이 말을 듣고 무안해진 나는 화제를 돌렸다.

"만득이가 앉아 기도하는 자세로 얼어 죽은, 똥산이 등 뒤에 지게를 받쳐놨어. 지게로 거기까지 옮길 건가 봐. 같이 가볼래?"

"…."

그녀는 현관문을 향해 돌아섰다.

"이제 똥산 아줌마는 배고프지 않겠네. 춥지도 않을 거고. 더는 놀림도 받지 않을 거고. 내쫓기지도 않을 거고. 욕먹지도 않을 거고."

"정말 안 갈 거야?"

"똥산 아줌마… 뱃속의 아기랑 함께 있을 테니까, 이제 외롭지 않겠지? 어디로 간다던데?"

말을 마친 유란의 어깨가 다시 들썩였다. 손바닥을 펴 함박눈을 받아쥔 내가 낮게 대답했다.

"미봉산 서쪽 자락 아래 바다가 보이는 공동묘지로 가려나 봐."

똥산이는 만득이 지게에 옮겨 있있다. 소미숙 엄마가 목사님과 성도들을 모셔 왔다. 천국에 간 똥산 아줌마를 둘러싸고 기도하고 찬송을 하였다. 날이 추워 집마다 군불 때는 연기가 굴뚝을 한가득 채웠다. 전봇대와 전깃줄은 실제로는 들을 수 없게 된 날다람쥐 똥산 아줌마가 달리면서 낸 소리를 재생했다. 우리가 그동안 듣지 못한 바람 소리 숨소리 웃음소리였다. 눈발이 흩날리고 쌓인 눈 겉을 훑으며 바람이 몰려다녔다.

만득이가 지게를 지고 걸었다. 눈길을 걷는 그의 검은 장화 밑바닥에서 뽀득뽀득 볼을 비벼 닦는 소리가 이어졌다. 목간통에 뜨뜻한 물을 받아놓고 젊은 엄마가 아기를 씻기는 소리였다. 만득이와 지게에 앉은 똥산이가 걸어갔다. 만삭인 똥산이 배가 이불에 덮였다. 눈길에 장화 발자국이 찍혔다. 똥산이는 깊은 잠에 빠졌다. 만득이의 필터를 씹어 문 담뱃불에서 날리는 불씨들이 금방 눈송이와 만나 재가 되었다. 벌겋게 벼려지는 담뱃불 가시가 자라나 눈송이를 지졌다.

유란과 나는 각목에 못 박아 만든 십자가를 나눠 든 채 뒤를 따랐다. 십자가에 유란이가 세로로 쓴 붓글씨, '**똥산 아줌마, 졸망제비꽃 보러 멀리 떠났어요.**'가 눈송이를 받아 번져갔다.

# 노루

어른들 무릎까지 차오르도록 폭설이 내렸다. 작은 키 재천이 어머니 허리까지 차오를 폭설이었다. 안마당 외양간에서 애 우는 소리가 들렸다. 아버지는 문풍지 쪽으로 돌아앉아 새벽 담배를 피웠다.

아버지가 일어나기 전에 오줌을 눠둬야 했다. 아버지는 심란하게 줄 담배를 피우고, 요강을 들고 밖으로 나가곤 하였다. 우리 집에서 요강에다 똥을 누는 사람은 나뿐이었다. 내가 아니라고 해도 누구도 믿지 않는 일이 되고 말았다.

"똥 눴으면, 뚜껑이라도 덮어둬야 할 게 아니냐고!"

나는 번번이, 요강 뚜껑을 닫는 것을 놓쳤다.

"네 코엔, 네 똥 쿠린내는 안 나겠지!"

나는 부끄러운 줄도 모르고 이불 속에서 키득거렸다. 서로 자기 쪽으로 끌어당겨 이불 홑청이 온전할 날이 없었다. 새벽에 일어나 아버지가 처음 하는 일은 요강을 비우는 기였다.

아버지가 방문을 여닫은 사이, 냉기가 방안에 들어찼다. 안마당 외양간에서 애 우는 소리가 들렸다.

막냇동생이 태어나던 날 새벽에도 나는, 그 울음소리를 들었다.

하룻밤 사이에 동생이 생긴 것이다. 나는 막냇동생이 태어나기 전까지 어머니가 애를 밴 줄도 몰랐다. 유란이 말에 의하면 애가 생기는 것은 간단했다. 남자와 여자가 속잠방이를 바꿔 입으면 여자 뱃속에 애가 들어선다는 것이다. 그러나 우리 집에는 속잠방이를 입은 사람이 없었다. 나는 속잠방이를 바꿔 입지 않아도 애가 생긴다는 것쯤 이미 깨우쳤다.

"우리 엄마 아빠가 속잠방이를 바꿔 입는 것을 봤어. 그래서 내 동생이 태어난 거야"

유란은 곤로에 스테인리스 대야를 올리고 가루비누를 풀어 속잠방이 삶는 얘기를 들려줬다.

"우리 엄마는 곤로 불을 약하게 맞춰놓고 속잠방이를 삶았어. 왜 그렇게 하는 줄 알아?"

나는 곤로 불에 속잠방이를 삶는다는 말을 이해하지 못했다.

"참, 너네 집엔 곤로가 없댔지. 빤스 삶는 냄새를 풍기면 집 안에 마귀가 얼씬도 못 한댔어. 집에 못 들어오는 마귀가 시기 질투해 대서 얼굴도 잘생기고, 머리도 총명한 아이가 태어난댔어. 나처럼 말이야."

그녀가 하는 말을 한 귀로 흘리고 우리 집에 없는 곤로와 빤스를 생각했다. 속잠방이를 입으면 얼마나 답답할까? 지난여름 학교에서 본 김환재의 고치가 떠올랐다.

낮은 수도꼭지를 빨려고, 환재가 왼쪽 다리를 치켜들었을 때였다. 반바지 체육복 속에서 고치가 보였다. 나는 웃음을 참을 수 없었다. 그녀는 내가 자기를 비웃는 줄 알고 감정이 상한 채 집으로 뛰어갔다.

안마당 외양간에서 애 우는 소리가 들렸다. 아버지는 부엌 아궁이 앞에 앉아 쇠죽을 쑤었다. 삭정이와 생솔가지를 부러뜨리고 휘어 우그려 넣는 소리가 들렸다. 나는 방바닥이 식어 새우잠을 잤다. 하지만 조금만 참으면 되었다. 그럼 미지근해지는 방바닥에 등을 대고 제대로 잘 수 있었다.

"조금만 참으면 돼. 조금만... 이까짓 건 아무것도 아니라고."

나는 떨면서 짧은 즉흥 기도문을 반복해 외웠다. 내가 애기였을 때 할머니는 맨 배에 나를 품고 잤다. 나무가 귀해 십 리는 걸어가야 나무를 해올 수 있었다. 할머니는, 내가 태어난 뒤로는 새우잠을 자지 못했다. 나는 눈을 깊이 감았다. 할머니 품을 더듬어 파고들었다.

"어서들 안 일어날래!"

방문을 활짝 열어젖힌 아버지의 오른손에는 얼음 조각이 둥둥 뜬 물바가지가 들렸다. 이불 속에만 있으면 물을 끼얹어도 안전했다.

아버지는 장화를 신은 채 방으로 쳐들어왔다. 그러고는 이불을 확 걷어냈다. 나도 동생들도 이미 움츠린 냉동 보리새우가 돼 있었다.

"벌떡 일어들 나서 고무래로 눈 치우고 밥 먹자!"

아랫목에 깔 홑이불만 남긴 아버지는 솜이불을 개켜 장롱에 넣고 자물쇠를 채웠다.

나는 어쩔 도리없이 눈을 비비고 일어나 앉았다. 마른 눈곱이 속눈썹에 붙어 눈이 떠지지 않았다. 억지로 눈을 뜨려다 속눈썹이 생으로 뽑혀 나올까 봐 겁이 났다.

"어여 나가, 정신 번쩍 들게 찬물로 세수해라."

나는 아버지에게 왼 손목을 잡혀 밖으로 끌려 나왔다. 안마당 외양간 구석에 웅크린 노루가 보였다.

언젠가 미봉산에 갔을 때였다. 몰이꾼에게 쫓기는 노루가 나에게 달려들었다. 나는 얼떨결에 노루를 껴안고 뒹굴었다. 애 우는 소리에 깜짝 놀란 나는 노루를 풀어주고 말았다.

　노루를 숨겨주면 다음에 은혜를 갚는다는 얘기가 생각났지만, 순식간에 벌어진 일이었다. 그때 껴안은 노루와 비슷한 크기의 암컷이었다. 어젯밤 아버지는 주막에서 거나하게 취해 돌아왔다. 요강이 이미 차서 방에서 오줌을 눌 수 없었다. 아버지는 방문을 열고 나가 안마당 처마 밑에 서서 오줌을 누었다.

　끝도 없는 함박눈이 내려 쌓이고 있었다. 아버지는 측백나무 울타리 넘어 텃밭에 서 있는 노루를 보았다. 무슨 생각에서였는지 아버지는 무작정 노루를 쫓았다고 하였다.
　아버지는 맨발이었다. 눈이 많이 오기로 유명한 강원도 인제에서 군 생활을 한 아버지였다. 수색대 출신 아버지는 술김에 무릎까지 차는 눈밭을 달려 노루를 사로잡았다.
　"얼마나 성가시게 울어대던지, 어렸을 때 너랑 닮았더라. 아버지가 금광 일 갔다 와서 피곤한데, 그냥 자게 내버려둬야 말이지."
　아버지는 구유까지 여물을 퍼 날랐다. 배때기에 거적때기를 두른 암소가 하룻밤 새 피워낸 입김이 여물에서 피어올랐다.
　"노루는, 어쩌려고요?"
　아버지는 새 담배에 불을 이어붙인 꽁초를 눈밭에 던지고는 한참 뜸들이고 대답했다.
　"눈 녹으면 돌려보내야지."
　겁에 질려 흙벽에 몸을 붙인 노루는, 움츠린 채 떨었다. 눈이 마주칠 때마다 애원하는 듯 울었다.

바깥마당으로 나간 아버지는, 대추나무에 걸린 시래기 다발을 털어 들고 돌아왔다. 노루 앞에 아끼던 시래기 다발을 던지고는 손을 빗겨 털었다. 어쨌거나 웃는 상이 된 아버지가 입을 열었다.

"노루는 울 일이 별로 없어 놔서, 커서도 갓난아기 적 울던 그대로 우는 모양이다. 너희들 갓난아기 때 울음소리랑 거진(거의) 비젓(비슷)해 나를 놀래키는구나."

# 빈자리

그녀는 몸에 열이 많다고 했다. 스스로 어찌할 수 없어, 혹한의 밤에도 간척지의 수로 변 갈대 부들밭으로 혼자 가서는 옷을 홀딱 벗고 이무기의 몸부림을 쳤다. 성질이 괴팍한 것도 무엇을 파괴해야 쾌감을 느끼는 것도 몸 안에 들끓는 용암 때문이라고, 준영 엄마가 변호하는 걸 수없이 들어왔다. 그녀의 기괴한 웃음은 수문통의 빈집에서 들려오는 처절한 처녀 귀신의 곡소리처럼 들렸다.

교회에서 준영 누나를 좋아할 아이는 없었다. 얼굴은 예쁜데 입만 열면 마귀할멈으로 변하기 때문이었다. 누나는 입만 열면 쌍욕을 해댔다. 욕하기 선수권대회에 나가면 분명히 금메달을 주렁주렁 걸고 돌아올 것이다. 그녀의 입에서 나오는 욕만 옮겨적어도 성경보다 두꺼운 욕사전을 만들지 싶었다.

그녀는 얘기할 때면 죽여버려, 옥수수를 털어, 눈깔 뽑아, 야마 돌아, 그런 말을 거리낌 없이 했지만, 어른들이 곁으로 오면 표정을 싹 바꾸고 품위 있는 말을 골라 했다. 집사님들은 누나만 보면 얼굴도 예쁜데 마음마저 곱다고 칭찬 일색이었다. 우리는 그때마다 속이 부글거렸다. 그녀가 욕할 때마다 목사님과 전도사님을 모셔 와 실체를 보여주고 싶은 걸 간신히 참았다.

툭하면 우리를 집합시키고 기합 주거나 심부름을 시키는 사람이 착하다고? 욕을 달고 사는 사람이 착하단 말이야? 준영이가 착하면 유란이는 천사고, 나는 가장 예쁜 천사의 유일한 남자 친구겠다. 사람들은 왜 겉모습만 보고 모든 것을 쉽게 판단하는 것일까.

기가 센 그녀가 가장 가식적으로 변할 땐 김 전도사님과 같이 있을 때였다. 전도사님은 총각인 데다 얼굴도 잘생기고 키도 훤칠했다. 눈이 얼마나 크고 맑은지 남자인 내가 바라봐도 홀딱 빠질 정도였다.

우리 교회 누나들은 대부분 김 전도사님을 짝사랑했다. 물론 준영이도 전도사님이라면 사족을 못 썼다. 그녀 앞에서 전도사님에게 눈길이라도 한번 주다가 걸리면 그날은 죽었다고 생각하면 되었다. 모두가 전도사님을 좋아하지만, 그녀 때문에 전도사님에게 말을 걸지도 못했다.

그녀는 전도사님이랑 꼭 결혼할 거라고 우리에게 떠벌였다. 혹시라도 전도사님한테 수작을 거는 여자가 있으면 개박살을 낼 거라고 협박했다. 그 말은 빈말이 아니었다. 그녀라면 물불을 가리지 않을 것이 분명했다. 지옥까지라도 쫓아가 기어이 보복하고 남을 사람이었다.

마귀할멈보다도 무서운 그녀였지만, 김 전도사님 곁에 있으면 얌전한 암고양이가 되었다. 그녀는 눈꼴사납게 전도사님 곁에 찰싹 붙어 온갖 애교를 부리곤 하였다.

"어머 전도사님, 우리가 다른 사람 욕을 하면 안 되겠죠? 우리는 서로 사랑해야 하죠?"

준영은 오줌을 참는 사람처럼 몸을 비틀어 꼬면서 말했다. 무슨 꽈배기 주식회사 사장 고명딸도 아니고, 전도사님 옆에만 서면 왜 그렇게 몸을 배배 꼬아대는지 모르겠다.

준영의 가면은 정말 두꺼웠다. 아마도 곱창볶음을 만드는 철판보다도 두꺼울 것이다. 아무것도 모르는 전도사님은 언제나 준영의 말에 상냥하게 대답해 줬다.

"그렇지. 우리는 서로를 사랑해야지. 준영이는 때 묻지 않은 아이처럼 너무 순수한 것 같아."

"어머 전도사님, 너무 많이 칭찬하지 마세요. 너무 부끄러워요."

그녀는 얼굴을 붉히며 전도사님을 쳐다봤다. 나는 그녀를 보는 것이 어느 코미디 프로를 보는 것보다 재밌었다. 그녀는 시시각각 표정을 바꾸었다. 전도사님이나 집사님들이 곁에 있을 땐 밝고 수줍은 모습을 했다가 우리가 곁에 있을 땐 미간을 잔뜩 찌푸리고 입꼬리를 살짝 들어 올렸다. 그러고는 침을 튀기며 쉬지 않고 욕지거리를 내뱉었다.

그녀는 특히 반주자 정혜자 누나를 질색했다. 그녀 말로는 혜자 누나는 믿음이 약하고 성실하지 못하다고 하지만, 그건 다 그녀를 깎아내리기 위한 입에 발린 거짓말이었다. 그녀는 반주자 누나가 자기보다 학력도 높고 예쁘면서 순수하기까지 한 게 거슬렸다. 전도사님이랑 반주자 누나가 대화를 나누는 꼴만 봐도 눈이 까뒤집혀서는 온종일 그녀를 헐뜯고 다녔다. 반주자 누나가 피아노를 잘못 치는 날이면

"쟤는 오늘 손가락에 쥐라도 났다냐. 왜 자꾸 틀리고 난리야. 앉아 있느라 좀이 쑤셔 미치겠는데 말이야. 빨리 예배 끝나고 집에나 갔으면 좋겠는데 말이야."

하면서 계속 투덜거렸다. 입을 내밀고 투덜거리다가도 전도사님이 곁으로 오면 그녀는 금세 얼굴색을 싹 바꾸었다. 수줍은 미소를 지으며 전도사님에게 이렇게 말했다.

"오늘따라 반주자가 실수를 많이 하네요. 더러 실수할 때가 있죠. 사

람이 다 완벽할 수가 있나요. 오늘 꽃샘추위가 심해 반주자도 많이 떨었을 거예요. 전도사님이 가서 격려 좀 해주세요."

"준영이는 어쩌면 그렇게 마음이 깊어."

전도사님은 그녀를 바라보며 흐뭇한 미소를 지었다.

"전도사님도 참. 여자 마음은 여자가 잘 아는 법이에요."

그녀는 가증스럽게 오른손으로 입을 가리고 웃었다. 나는 준영이가 정말 마음에 안 들었다. 그래서 더는 두고만 볼 수 없었다. 그녀의 마수에서 전도사님을 구해내야만 했다. 어쩌면 나는 준영에게서 착한 전도사님을 구해내기 위해 태어난 정의의 사도인지도 몰랐다. 그렇게 생각하니 어깨가 한결 무거워졌다.

유란과 나는 준영의 가면을 홀딱 벗겨 내리라 다짐했다. 하지만 그녀의 가면을 벗기는 일은 원체 쉬운 일이 아니었다. 그녀는 힘이 세고 괴팍하고 거짓말 대왕이었다. 자칫 그녀에게 작전이 발각되는 날엔, 아무도 모르게 우리의 머리 위에서 전자기타를 내리쳐 칼을 씌울지도 몰랐다. 교회에 유란과 내가 사귄다고 소문을 내서 쫓아낼지도 몰랐다. 하지만 우리에게도 다 방법이 있었다. 우리는 그녀의 가장 큰 약점을 파악하고 있었다.

얼마 전에 유란 할머니가 방광염이 걸려 병원에 같이 간 적이 있었다. 나는 유란과 할머니와 병원을 나오다 준영이가 우리 옆으로 지나가는 것을 보았다. 그녀는 다리 사이에 농구공을 끼우고 걷는 것처럼 어기적거리면서 병원에서 나갔다. 할미니는 순영이를 가리키면서 치질 수술을 하고 가는 길이라고 말해주었다. 그녀는 할머니에게 비밀로 해달라고 신신당부한 뒤였다. 할머니는 너희들만 알고 있으라고 일렀지만, 우리는 교회 사람들에게 소문이 나도록 입이 싼 순화에게 준영의 비밀을 흘렸다.

그녀는 치질이 다 낫지 않아서 요즘에도 의자에 앉을 때가 가장 힘든가 보았다. 교회 의자에 앉아 예배를 드릴 때면 설교 좀 빨리 끝내달라고 투덜거렸다. 우리는 준영의 약점을 공략하기로 했다. 기필코 준영의 기름때 뒤엉킨 철판 가면을 벗겨내고야 말리라 의기투합했다.

우리는 문방구에서 기저귀 고무줄을 사 왔다. 손톱을 들고 산에 올라가 Y자로 된 나뭇가지를 베어와 '성경 읽기 모임' 애들에게 나눠줄 새총 열 개를 만들었다. 유란이가 광목천에 그린 준영의 엉덩이 그림을 바위에 걸어두었다. 우리는 '성경 읽기 모임'이 끝나고, 새총 쏘는 훈련을 받았다. 김재남이 장전한 잔돌이 준영의 똥꼬를 명중시켰다. 우리는 늘어서서 김재남의 구령에 맞춰 새총을 발사했다.

"일발 장전. 숨을 들이쉬고, 천천히 내쉬면서, 마귀할멈의 더러운 똥꼬를 향해 발사!"

준영은 예배가 끝나고 전도사님과 선교원으로 걸었다. 그녀는 예배만 끝나면 전도사님 곁에 찰싹 달라붙어 떨어질 줄을 몰랐다. 우리는 등 뒤에 새총을 감추고 준영의 뒤를 밟았다.

은행나무 뒤에 숨은 우리는 전도사님과 그녀를 지켜보았다. 그녀는 전도사님 곁에 붙어 알랑방귀를 뀌었다. 전도사님은 그녀를 사랑스러운 얼굴로 바라보았다.

"어머 전도사님, 오늘 이른 봄 날씨가 참 좋죠? 하나님이 주신 세상은 참 아름다워요."

준영은 우리 앞에서는 고막이 터질 만큼 쇳소리를 지르는데 전도사님 옆에서는 가는 목소리로 나지막하게 속삭였다.

"그렇지. 하나님이 주신 세상은 참 아름답지. 이 아름다운 세상을 보면, 준영이는 어떤 생각이 들어?"

준영은, 어기적어기적 치질 수술한 똥꼬를 흔들며 계단을 올랐다.

'오늘이 가식의 마지막 날이다!'

우리는 은행나무에서 느티나무 뒤로 옮겨갔다. 김재남의 지시에 따라 준영의 똥꼬에 새총을 조준했다. 준영이 전도사님에게 무어라 대답하려는 찰나, 우리는 준영의 치질 똥꼬를 향해 일제히 새총을 발사했다. 준영은 똥꼬를 움켜잡고는 뻣뻣이 굳었다.

"아, 똥꼬!"

전도사님은 깜짝 놀라 준영을 쳐다보았다.

"뭐라고, 똥꼬라고?"

준영은 한 손으로 입을 틀어막으며 고개를 흔들었다.

"아니에요. 잘못 들으신 거예요. 너무 아름답다고 말한걸요. 하나님이 주신 세상을 보면 늘 감사한 마음뿐이죠."

안심한 표정으로 전도사님이 입을 열었다.

"그렇지. 그래 맞아. 감사한 마음을 늘 잊지 않고 살아야 해. 준영이도 그렇게 생각하지?"

우리 분대는, 준영의 똥꼬를 향해 일제히 새총을 발사했다. 준영은 힘주어 몸을 한껏 추켜올린 채 똥꼬를 감쌌다. 준영의 키는 순식간에 까치발을 든 것처럼 전도사님보다도 커졌다.

"아야, 똥꼬! 똥꼬!"

선노사님은 그 큰 눈을 더 크게 뜨고 준영을 바라보았다.

"준영이 오늘 왜 그래?"

그녀는 몸에서 힘을 빼고 억지스러운 웃음을 지으며 입을 열었다.

"아무것도 아니에요. 전도사님 말씀이 맞아요. 우린 감사한 마음을 언제나 잊으면 안 되죠."

준영은 한 손으로 똥꼬를 가렸다. 우리는 웃음이 나와 돌아서서 키득거렸다. 전도사님은 손가락으로 귀를 팠다. 내가 방금 헛것을 들었나, 하는 표정으로 고개를 갸웃거렸다.

준영의 얼굴은 퍼렇게 질려서 전도사님 눈치를 보았다. 전도사님은 그녀와 눈이 마주치자 긴장한 얼굴이 되었다. 전도사님은 주위를 살피더니 발그레한 얼굴로 말했다.

"준영이한테 할 말이 있는데… 준영이는 나를 어떻게 생각해."

전도사님도 준영에게 이끌린 모양이었다. 나는 당장 뛰쳐나가 전도사님, 제발 정신 차리세요, 준영은 마귀할멈이라고요. 믿음으로 물리치세요! 라고 소리를 지르고 싶었다.

"저는요. 저는 전도사님을… ."

준영은 전도사님 말에 자기도 모르게 똥꼬를 가린 손을 떼었다. 그러고는 부끄러워 손으로 입을 가리고 말했다.

"저도 전도사님을… ."

우리는 준영의 말이 끝나기 전에 새총을 발사했다. 몽돌 탄환은 정확히 준영의 똥꼬를 타격했다. 그녀는 어깨를 두 번 움찔하더니 뒤를 돌아보고는 냅다 소리를 질렀다.

"아이, 씨발!"

전도사님은 깜짝 놀라서 입을 다물지 못했다.

"준영아, 지금 그게, 나에 대한 네 진심이야? 내가 잘못 들은 게 맞지?"

전도사님 말에 준영은 두 손을 내저었다.

"제가, 뭐라고 했는데요? 전도사님, 오늘 어디 편찮으세요. 저는 아직 대답도 안 했는데... 왜 그러시는지 모르겠네요. 저는, 전도사님은, 정말 좋으신 분이라고 생각하고 있는걸요."

전도사님은 고개를 갸웃거렸다.

"내가 방금 잘못 들었나?"

"예? 방금 제가 뭐라고 했는데요?"

"욕을 들은 것 같은데?"

"아니, 욕이라뇨. 어떻게 그런 더러운 걸 입에 담을 수가 있어요."

우리는 배꼽이 빠지는 줄 알았다. 뱃가죽이 당겨 마음대로 숨을 쉴 수도 없는 지경에 놓였다.

"그래 그럼, 준영이의 마음을 자세히 설명해 주겠어? 나는 오래전부터 준영이를 유심히 지켜봐 왔거든. 준영이는 얼굴도 그렇지만, 마음은 더 아름다운 사람이야. 준영에게 난 어떤 사람이지?"

준영은 걸음을 멈추고, 보도블록 사이에 낀 마른풀을 바라보았다.

"준영이 마음을 자세히 말해주겠어?"

전도사님은 맑은 눈동자로 준영을 바라보았다. 그녀는 바로 전도사님의 얼굴을 쳐다보지 못했다. 한참 만에야 붉어진 얼굴로 전도사님을 돌아보았다. 전도사님은 한껏 기대에 부푼 얼굴이 되었다.

"저도 처음부터 전도사님을... ."

준영이 막 대답을 끝내려고 할 때였다. 우리는 준영의 똥꼬를 향해 마지막을 위해 준비해 둔 유리구슬 탄환을 발사했다.

"이런, 개새끼가!"

준영은 뒤돌아서서 눈을 부라렸다. 전도사님이 준영의 팔을 잡았다.

"준영아!"

"가만히 좀 있어 보세요! 똥구멍 치질 덧나서 지금 아무 생각도 안 난

단 말예요!"

 전도사님은 얼굴이 퍼렇게 질렸다. 그동안 들었던 게 헛것이 아니었다는 것을 비로소 실감한 모양이었다. 전도사님은 한 걸음 한 걸음 계단 위로 올라갔다.

 "준영아. 내가 지금 좀 바빠서. 그럼 우리, 다음에 시간 있을 때 이야기하자. 오늘 얘기는 없던 걸로 생각해도 좋아."

 전도사님은 급한 일이 생긴 사람처럼 선교원으로 걸었다. 준영은 애타게 전도사님을 불렀지만, 전도사님은 걸음을 멈추지 않았다.

 준영은 금방이라도 폭발할 것처럼 얼굴이 붉어졌다. 그녀는 소리를 질러대기 시작했다.

 "누구야! 당장 안 튀어나와! 좋은 말로 할 때 나와 무릎 꿇어!"

 나는 준영의 협박이 별로 무섭지 않았다. 이왕 이렇게 된 거 갈 데까지 가보자, 하는 마음으로 준영에게 새총을 겨눴다.

 "어때? 맛이!"

 준영은 나를 흘겨보더니, 눈을 가늘게 뜨고는 입술을 떨었다.

 "넌 잡히면 뻰찌로 이빨을 다 뽑아버릴 거야!"

 "누나, 그렇게 속 시원하게 살아! 안 그러면 화병 걸려서 속이 문드러져 죽는대. 내가 화병 걸려 죽을 걸 겨우 살려줬는데 누나도 참. 누나가 내 이빨 뽑기 전에 누나 똥꼬 수술부터 다시 받아야 할 걸. 지렁이도 밟으면 꿈틀한단 말이야!"

 나는 새총 한 방을 준영의 이마를 향해 쐈다. 그녀는 금방이라도 나를 뒤쫓아 올 것 같더니, 똥꼬가 아픈지 제대로 걷지도 못했다. 나는 새총을 똥꼬에 갖다 대고 꼬리처럼 흔들며 걸었다. 집으로 돌아가는 내내 준영의 얼굴이 떠올랐다. 그녀가 어기적어기적 걷는 모습이 눈에 선했다. 누가 배를 간질이는 것처럼 자꾸만 웃음이 나왔다.

그녀는 왜 철판 가면을 쓰고 사는 걸까. 나는 아직 사랑이 뭔지는 모르지만, 있는 그대로의 모습을 사랑해 줄 수 없다면 그건 사랑이 아니라고 믿었다. 준영은 지금껏 자기 모습을 있는 그대로 사랑해 줄 사람을 만나지 못했나 보았다. 그래서 자꾸만 가면을 써야 하는지도 몰랐다.

언젠가는 준영을 있는 그대로 사랑해 줄 사람이 생겼으면 했다. 그녀의 얼굴처럼 그녀의 말도 행동거지도 예쁘게 변할 수 있도록 도와줬으면 좋겠다. 우리가 새총을 쏴서 똥꼬가 아팠던 것처럼, 그녀의 말에 상처받은 사람이 많았다는 걸 알았으면 좋겠다.

유란이 할머니가 그랬다. 말은 보이지 않는 비수라고. 똥꼬 아픈 건 금방 지나갈 테지만, 마음에 난 상처는 잘 아물지 않는다. 마음에 난 상처는 마음으로 치료해 줄 수 있다고 했다. 준영도 다른 사람의 마음을 안아줄 수 있는 사람이 되었으면 하고 바랐다. 그렇게 된다면, 유란과 내가 나서서 전도사님과 결혼할 수 있도록 도와줄 것이다.

교회에 가면 준영을 어떻게 봐야 할지 걱정이 되었는데 다행히도 그런 걱정은 더는 할 필요가 없었다. 그 뒤로 그녀는 교회에 발길을 끊었다. 나는 그게 잘된 일인지 잘못된 일인지 모르겠다.

그녀가 없어져서 애들은 해방된 듯 기뻐했다. 하지만 그녀가 앉아 있던 자리를 바라보며 선노사님이 우울한 표정을 지을 때마다, 준영의 빈자리가 꽤나 크게 느껴졌다.

# 봄

흰나비가 바위에 앉는다
천천히 날개를 얹는다

누가 바위 속에 있는가
다시 만날 수 없는 누군가
바위 속에 있는가

바위에 붙어
바위의 무늬가 되려 하는가

그의 몸에 붙어 문신이 되려 하는가
그의 감옥에 날개를 바치려 하는가

흰 나비가 움직이지 않는다

바위 얼굴에
검버섯 이끼가 번졌다
갈라진 바위틈에 냉이꽃 피었다*

---

* 시, 「봄」 전문

그녀의 집이 한 새벽에 발칵 뒤집혔다. 새엄마가 할머니의 방 장롱 서랍에 숨긴 친모의 패물까지 털어 도망간 것이다. 그녀의 아버지 금광 사업이 돈을 잡아먹는 하마가 되자 다툼이 극에 달했다. 새엄마는 미리 도망갈 채비를 끝내둔 상태였다. 유란이 외갓집에서 보내온 금광의 운영자금을 넣어둔 통장까지 싹 털어간 것이다. 그녀는 음주 상태로 유란 아버지의 벤츠를 몰고 도망치다 읍내 못 미쳐 해청교(海靑橋) 난간을 들이받았다. 그녀는 보닛이 절반쯤 파먹힌 차를 버려둔 채 그대로 도주했다.

그녀의 아버지와 새엄마가 웬일로 사이좋은 부부처럼 장을 봐 와서는 화해 주를 마셨다. 장식장에서 꺼낸 양주를 세 병째 마신 그녀의 아버지는, 새엄마가 그만 죽으라고 술잔에 탄 수면제까지 마신 거였다. 새엄마의 만행으로 아버지는 혼수상태로 병원에 실려 갔다. 사흘간 병원 신세를 져야만 했다. 그녀는 남편의 얼굴에 원 없이 침을 뱉고는, 둘이 만나 사귀고 살붙이고 산 햇수만큼 담뱃불로 지져놓았다. 할머니와 유란이 새벽 기도에 간 틈을 타 할머니 방으로 잠입해 패물까지 털어갔다. 그녀는 읍내 역에서 첫 기차를 타고 서울로 도망갔을 확률이 높았다. 하지만 경찰서장인 고모부에게 전화할 경황이 없었다. 그녀는 천애 고아였다고 하였다. 어디에도 엮인 곳이 없으니 당장은 행방을 찾기 불가능하다는 것이다. 제 버릇 개 못 준다고, 일이 잠잠해지면 그녀는 훔쳐 간 돈으로 술장사하게 될 것이고 그때 예전 단골손님들에게 연락한 것이었다. 그러면 유란 아버지 귀에도 소식이 전해질 것이다. 예금 통장과 귀중품을 모조리 털어간 새엄마 때문에 할머니와 아버지는 격노했지만, 유란은 무표정으로 일관했다. 유란에게는 오히려 잘된 일인지도 몰랐다. 그녀의 아버지 얼굴에 난 담배 빵 일곱 개는 오래지 않아 딱지가 앉을 것이고 나중엔 약간 곰보처럼 보일 테지만, 마음만은 속 시원할지도 몰랐다. 할머니도 앓던 이가 뽑힌 것 같다고 애써 위로를 삼았다.

얼마 지나지 않아 유란은 콧노래까지 불렀다. 제 모습을 찾아가는 유란을 지켜보면서 나는, '사람은 누구를 만나느냐에 따라 인생이 달라진다.'라는 말을 이해할 수 있었다. 다행인 것은 유란 아버지와 새엄마가 혼인 신고하지 않은 것이었다. 이원만 사장님은, 한동안 넋이 나간 사람처럼 살았다. 심한 수전증에도 술을 달고 살았는데... 그 일이 있고부터 일절 술을 입에 대지 못했다. 그동안 퍼부은 술기운이 빠져나가느라 매가리가 없었다. 그는 소파에 누워 끙끙 앓으면서 비지땀을 쏟았다. 술 먹고 깽판을 놓다 제대로 깡패를 만나 작살나게 얻어터진 사람 같았다. 깍지 낀 두 손을 떨면서 정신 나간 사람처럼 혼잣소리를 지껄였다. 또한 전기 고문을 당하는 사람처럼 깜짝깜짝 놀라기까지 하였다. 쏟아지는 졸음 때문에 밥상 앞에 앉을 수도 없는 지경이었다. 불덩이가 된 이마에 수건을 빨아올리고 땀이 찬 몸 구석구석을 닦아내느라 할머니도 바싹 마른 몸이었다. 유란은 맨밥을 못 넘기는 아버지 입을 억지로 벌리고 물에 만 밥과 죽을 떠 넣었다.

그녀에게 교회에 같이 가자는 말을 꺼낼 수 없었다. 그녀의 집을 빙빙 돌아 나온 나는 혼자 교회에 가는 수밖에 없었다. 지호와 승혁이 등 뒤에서 쐐가 빠지게 뛰어와서는, 불쑥 소집 명령을 전달했다.

"야, 김기덱. 육상부 얼른 학교로 나오래. 오늘, 특별 훈련한다나 봐."

육상부 코치가 또 우리를 이용하는가 보았다. 나유미 선생님이 일직을 서는 날이었다. 코치는 육상부 특별 훈련을 핑계로 나유미 선생님을 보려는 것이었다. 또 운동장 둘레를 돌 걸 생각하니 벌써 머릿속에 원심분리 되는 뺑뺑이가 돌았다. 이젠 육상부 코치가 담임도 아닌데 훈련에 빠질까도 생각했지만, 감당하지 못할 매타작을 당할까 두려웠다. 지호와 승혁이 코치에게 내가 내뺀 걸 고자질할 게 확실했다. 교회에 가기 위해 집을 나서는 그녀가 보였다. 세상에는 믿을 놈이 하나 없었다. 나는 애들을 따라 학교에 가는 수밖에 없었다.

 육상부원들은 학년별로 줄을 지어 운동장 둘레를 돌았다. 교무실 맞은편 운동장에 한 아름 반 되는 플라타너스가 줄지어 있었다. 6학년 애들은 운동장 둘레를 다섯 바퀴 돌 때마다 한 명씩 플라타너스 뒤에 숨어서 쉬었다. 코치는 가끔 운동장을 내다보았다. 뭐가 그리도 좋아 죽겠는지 웃는 얼굴이 밉상 덩이였다. 쉬는 시간 없이 두 시간을 운동장 둘레를 돌았다. 플라타너스에 기대어 앉은 나는 모랫바닥을 기는 나무뿌리를 피해 손가락 그림을 그렸다. 그녀와 다시 무인도에 갈 때 타고 갈 웅장한 선박 그림을 거의 완성해 갈 때였다. 누군가 운동장을 가로질러 뛰어오는 소리가 들렸다. 그때야 나는 한참 동안 애들과 자리를 바꾸지 않은 걸 알아차렸다. 불길한 예감이 들어 운동장을 슬쩍 내다보았다. 싸리비를 움켜쥔 코치가 이쪽으로 달려오는 게 보였다. 뭔가가 단단히 잘못 되어가고 있음을 간파했다. 하지만 무슨 일인지 몰라 대처할 방법이 없었다. 험상궂은 코치의 입에서 남자 정준영의 쌍스러운 욕이 튀어나왔다.

 "이런 개잡ㄴ무 새끼. 감히 내 눈을 속여! 워디 오늘 너 죽어봐라!"

 코치는 거구를 이끌고 나에게 달려와서는, 싸리비로 내 몸을 사정없이 갈기는 것이었다. 두 팔을 들어 올려 머리를 감싸고 매질을 견디는 수밖에 없었다. 그런 와중에 교무실을 훔쳐보았는데 열린 창문으로 나

봄  219

유미 선생님이 보였다. 그녀도 등을 돌린 채로 머리를 감쌌다. 아무도 말리러 오는 사람이 없었다. 매질을 하느라 가빠진 코치의 숨소리만이 공포를 누그러뜨렸다. 손으로 얼굴을 가리고 매질이 뜸해진 그의 얼굴을 보았다. 사람 피를 뽑아먹고 스스로 공포에 휩싸인 드라큘라의 눈빛을 하고 있었다. 가죽 잠바 차림의 드라큘라는 싸리비 목을 틀어쥐고는 스스로 무너져 내렸다. 그러고는 폐부 깊이 찔린 짐승의 울부짖는 소리를 내었다.

언제부터 지켜보았는지 그녀가 옆에 와 있었다. 흠씬 매질 당한 나와 스스로 무너져 내린 드라큘라를 번갈아 보았다. 애들은 여전히 눈치를 보면서 운동장 둘레를 돌았다. 그녀의 얼굴을 보자, 나는 설움이 복받쳐 올랐다. 아픈 것쯤 참아내면 그만이었지만, 그녀에게 매타작당하는 걸 들켰다는 게 씻을 수 없는 상처로 남았다. 그녀가 나를 부축해 주었다. 나는 갑자기 걸을 수도 없는 사람이 되었지만, 힘을 조절해 되도록 그녀에게 얹혀 걸었다.

월요일 아침, 육상부 코치가 학교를 그만뒀다는 소문이 들렸다. 나유미 선생님이 학교에 청첩장을 돌렸다는 소문도 돌았다. 코치는 나유미 선생님께 먼저 청첩장을 받아 보고는 드라큘라가 되었을지도 몰랐다. 유란과 교회에 다녀오는 길에 용달차를 불러 자취방을 빼는 얼굴만 핼쑥해진 육상부 코치를 보았다. 덩치에 어울리지 않게 간살웃음을 짓던 그의 밉상 덩이 얼굴을 다시는 볼 수 없게 되었다. 그이가 나유미 선생님 뒤를 따라 걸으며 부르던'과수원길' 노래를 불러보았다. 코치에게 싸리비로 맞을 때도 울지 않았는데, 아카시아꽃이 필 때도 아직 멀었는데, 어느새 주책맞은 눈물이 핑 돌았다.

# 졸망제비꽃


 똥산이가 남긴 똥 덩어리는 말라비틀어져 가루가 되었다. 동네 사람들이 지어준 움막 초가지붕은 여기저기 바람이 헤쳐놓았다. 그녀가 머리에 꽂고 다니던 졸망제비꽃이 더러 피었다. 유란은 호미를 들고 꽃망울 진 졸망제비를 뿌리째 캐냈다. 그녀 옆에 서 있는 나는 대소쿠리를 든 보조 역할이었다.
 "기덕아, 똥산이 아줌마 몇 살이었을까?"
 "글쎄다. 서른 살쯤 되지 않았었을까?"
 "서른 몇 살쯤?"
 "서른한 살? 서른두 살?"
 "서른한 살?"
 "그래. 서른한 살."
 "서른한 뿌리를 캐면 씨가 마르겠지."
 우리는 졸망제비를 캐서 똥산이 묘 옆에 심어주기로 하였다.
 "어쩌지? 몇 뿌리나 캐야 하나?"
 "열세 뿌리만 캐자. 우리 나이로."
 "그럴까. 금방 새끼를 치겠지. 내년엔 서른두 뿌리가 될지도 몰라."

우리는 대소쿠리에 졸망제비 열세 뿌리를 캐 담았다. 양동이에 퍼온 냇물을 부어 버무린 황토를 졸망제비 뿌리에 뭉쳐 주먹밥처럼 만들었다. 유란이 나를 돌아보며 신신당부했다.

"황토 떨어지지 않게 조심해."

나는 잔소리꾼 이유란의 뒤통수에 대고 쏘아붙였다.

"알았다니까."

휘어지는 산길을 걸었다. 미봉산 서향 줄기 3부 능선을 오르면 그쯤부터 서해가 보였다. 똥산이는 바다가 내다보이는 공동묘지에 묻혔다. 이식하는 졸망제비가 걱정되어 유란에게 물었다.

"갯바람을 직통으로 맞으면 죽을지도 모르잖아. 졸망제비가 바닷가에서도 잘 자랄까?"

유란이 바로 대답했다.

"아마 잘 견딜 거야. 똥산 아줌마가 졸망제비꽃을 얼마나 좋아했는데... 똥산 아줌마가 잘 지켜줄 거야. 그런 걱정하지 마. 묘 옆에 심어주면 잘 가꿀 거야. 똥산 아줌마가 얼마나 좋아하겠어. 내년에는 얼마쯤 옆 묘로도 번져있을걸."

"정말 그럴까? 죽으면 어쩌지?"

"내년에 또 옮겨 심으면 되잖아. 그럼 또 똥산 아줌마가 몰래 무덤 밖으로 나올지도 모를걸. 우리가 심어준 졸망제비꽃이 얼른 보고 싶어서 말이야. 머리에 꽃을 따 꽂고 좋아서 춤도 출지 몰라. 누리끼리한 이를 다 드러내고 활짝 웃으면서 불룩한 배를 쓰다듬으며 조심조심 제자리를 맴도는 춤을 출지도 몰라."

내가 안도의 한숨을 내쉬고 나지막이 말했다.

"그랬으면 정말 좋겠다. 그런데, 좀 무섭겠다. 사람들이 보면 얼마나

무서워할까. 그렇지 않아?"

　유란은 입을 다물었다. 그러고는 가슴께로 호미를 올려 든 채 앞장서 걸었다. 서해가 눈앞에 펼쳐졌다. 햇빛을 받은 바닷물에 저 멀리 길쭉한 섬 앞까지 융단 깔린 길이 놓였다. 나는 금 부스러기를 깔아놓은 길을 바라보고는 걸음을 멈추었다. 그 길은 바닷가로 다가오면서 좁아지고 있었다. 앞서간 유란이가 나를 향해 손을 흔들었다.

"어서 와라, 정말. 그렇게 굼벵이처럼 꼬물거리다, 해 다 보내겠다."

　우리는 융단에 깔린 금 부스러기 길을 힐끔거렸다. 처음 보는 음식을 두고 냄새를 맡는 강아지가 혀로 음식을 집적대는 것처럼 우리는 무심코 손을 잡았다. 똥산이는, 해가 지기 전에 무덤에서 나와 걸음마를 시작한 아기 걸음에 맞춰 바닷길을 걸어갈지도 몰랐다. (천국에서는 뭐든 빠를 테니까.) 신이 나 웃으면서, 금 부스러기 깔린 융단 길을 또 다른 뱃속의 아기와 함께 눈을 감고 뒤로 뛰는 토끼 뜀으로 얼마간 후진할지도 몰랐다.

　유란과 나는 똥산이 묘 주위에 졸망제비 열세 뿌리를 옮겨 심었다. 똥산이는, 수평선 너머로 난 길을 걸어갈지도 몰랐다. 매일 지구 한 바퀴를 돌아올지도 몰랐다. 유란은 졸망제비 앞에 무릎을 모으고 기도를 드렸다. 나도 유란을 따라 깍지 낀 손바닥을 모은 채 눈을 감았다. 조용히 성심을 다해 드리는 기도가 약발이 세다는 조미숙 엄마의 말을 오늘은 믿어보기로 하였다.

　길쭉하게 늘어선 섬 사로도(㐃路島)와 이쪽 해변의 중간 지점쯤에 자리한 죽도(竹島)가 보였다. 그곳의 교회에서는 젊은 전도사님이 갯일 끝내고 돌아온 할머니 한 분만을 앉혀놓고 성경 말씀을 들려준다고 하였다. 죽도의 교회에서 이른 저녁 종소리가 바다를 건너왔다. 우리는 저녁 종소리가 바닷물에서 일어내는 윤슬을 애리(아리)게 바라보았다. 눈물이 더해져 더욱 빛나는 윤슬이 나란히 앉은 우리를 데리러 오는 죽도의 종소리와 버무려졌다. 윤슬과 종소리와 똥산이의 졸망제비꽃 웃음이 범벅되었다. 눈물을 훔쳐낸 유란이가 입을 열었다.

"우리가 커서 아저씨 아줌마가 됐을 때도, 똥산 아줌마가 남기고 간 웃음을 기억하고 있었으면 좋겠다. 똥산 아줌마는 어쩌면 천국에서 내려온 천사가 아니었을까 생각하곤 해. 말없이 천국의 웃음을 전도하고 떠난 천사 말이야. 이 세상에도 천국이 있다는 걸 웃음만으로 보여준 천사... 똥산 아줌마... 아줌마는 천국에 살면서도 졸망제비꽃을 보러 올 거야... 나는 졸망제비꽃이 피는 여기도 천국이라 믿어볼 거야. 여기가 천국으로 가는 하나뿐인 비밀의 문이라고도 믿어볼 거야."

우리는 한 손만을 잡은 채 바다를 바라보았다. 내가 아름다운 사람을 기리는 기도문을 다듬는 동안, 유란은 내 어깨에 머리를 뉘었다.

주님! 지금 우리가 기리는 아름다운 사람이 우리를 통해 다시 한번 주님의 사랑을 영접하게 하소서. 그 아름다운 사람과 마주쳤을 때 눈빛을 우리가 사람들에게 골고루 나눠주도록 도와주소서. 우리가 언제나 순수한 삶을 꿈꿀 수 있도록 도와주소서. 미워하는 마음이 발붙이지 못하도록 우리에게서 멀리 내쫓아 주십시오. 우리가 기리는 아름다운 사람의 맨 발자국에 주님의 사랑과 은총이 가득 담겼던 것처럼 우리의 걸음을 사랑과 은총으로 인도해주소서. 아멘.

우리는 똥산 아줌마 묘 앞에 무릎을 모았다. 내가 다듬은 기도문을 유란이 떨리는 목소리로 읽었다. 여린 졸망제비 꽃잎들, 가는 떨림의 기도문을 하나님과 똥산 아줌마에게 전달하고 있었다.

| 추 천 사

## 벼꽃이 피어*

벼꽃이 피었다 지는 시간
두 시간
수정아, 너였구나
파노라마 선루프를 열어 놓고
의자를 제끼고 눕는 태양보다
먼 하늘들

다랭이논 피를 뽑던 내 애비도
금광쟁이 네 애비도
눈을 비벼 봐도
물에 뜬 벼꽃들

이윤학 시집
*『나보다 더 오래 내게 다가온 사람』(간드레, 2021) P69

내 유년의 기억 속에도 있다. 풍우가 크게 인 다음 날 아침이었다. 그날따라 아버지 표정은 더없이 굳어있었다. 아버지는 다랭이논 논둑에 쭈그려 앉아 벼 이삭을 헤치며 "올해 농사는 허사겠구먼" 하는 장탄식을 했었다. 간밤의 풍우가 벼꽃을 떨어 놓고 씻어내린 것이다. 그때 나도 아버지 곁에 쭈그리고 앉아 논물에 손을 담가 허옇게 뜬 벼꽃을 '보고' 있었다. 마치 논물에 뜬 흰 벌레나 잡으려는 양 두 손을 모아 작은 손그릇을 만들어 흰 벼꽃을 손안에 넣곤 했었다. 그때 나는 벼에도 하얀 벼꽃이 핀다는 사실과 함께 "물에 뜬 벼꽃들"은 "눈을 비벼 봐"야만 겨우 볼 수 있다는 사실도 처음 알았다. 그리고 몇 년 후, 농업 시간에 안 사실이지만 벼꽃은 곤충들이 가루받이를 해주는 것이 아니라 스스로 수분受粉을 하는 제꽃받이 작물이란 사실도 알았다. 그리고 "벼꽃이 피었다 지는" 그 짧은 "두 시간" 안에만 "수정"이 이루어진다는 사실도 알았다. 그러나 시인의 "수정아, 너였구나" 라는 외침은 다름 아닌 생명이 잉태하는 순간을 '본' 자만이 느낄 수 있는 황홀을 감각화한 표현이리라.

　그런데 사실 시인이 어떤 사물을 '잘 본다'는 것은 그 사물의 생명의 이치를 '잘 본다'는 것과는 좀 다르다. 사물의 생성의 이치 그 자체에 더 황홀해하는 사물이 만들어지는 과정에 더 주목하게 된다. 그렇게 되면 대개는 사물이 만들어지는 과정에 대한 오차 없는 정량화의 유혹에 시달린다. 우리가 잘 아는 것처럼 과학자들이 그렇다. 이에 비해 시인의 '봄'은 우리를 사로잡는 사물들 그 자체, 그리고 그 사물들과 다른 사람과의 이치보다는 그 "수정"을 '봄'과 동시에 그 "수정"을 있게 한 "먼 하늘들"의 숭고를 '눈을 비비며' 바라보는 자이다. '보는' 것에 너무 황홀해서 '봄'의 결과를 정량화하는 데에 시간을 허비할 수 없는 자들이 바로 시인인 점을 보면, 시인은 성직자와는 비슷하고 과학자와는 거리가 멀다.

- 김찬기(소설가, 한경대 교수)

『우리가 사랑한 천국』은
『졸망제비꽃』(황금부엉이, 2005)의 개정증보판입니다.

인용 시 출전

*「판교리 9」,『먼지의 집』(문학과지성사, 1992) P69.
*「삽」,『꽃 막대기와 꽃뱀과 소녀와』(문학과지성사, 2003) P65.
*「늙은 참나무 앞에 서서」,『아픈 곳에 자꾸 손이 간다』(문학과지성사, 2000) P46~47.
*「봄」,『너는 어디에도 없고 언제나 있다』(문학과지성사, 2008) P10.


간드레 소설 01
# 우리가 사랑한 천국

초 판 발 행    2025년 05월 30일

지    은    이    이윤학
펴    낸    이    이윤학
책 임 편 집    성민주
기 획 위 원    박형준 인수봉
디    자    인    김다은
제            작    제이오
펴    낸    곳    간드레

출 판 등 록    제144호 (2019년 06월 03일)
주            소    안동시 도산면 영양계길 83-10
전            화    02)588-7245, 010)5369-7245
팩            스    0504)223-7245
메            일    candleprint@naver.com

I  S  B  N    979-11-971559-8-7 (04810)
                    979-11-971559-6-3 (세트)

ⓒ 이윤학, 2025, printed in andong, korea

* 이 책의 판권은 지은이와 간드레에 있습니다.
* 양측의 서면 동의 없는 무단 전제 및 복제를 금합니다.
* 잘못된 책은 바꾸어드립니다.